Short Story

中国新锐作家

校园文学经典

中国新锐作家校园文学经典
马强　总策划

1983年的阳光，一里一里地照在少年的肩上，少年的肩从此硬硬的，从北方到南方，一里一里的阳光照在他的肩上。

一里一里的阳光

江东璞玉　著

中国社会出版社
国家一级出版社｜全国百佳图书出版单位

图书在版编目(CIP)数据

一里一里的阳光 / 江东璞玉著. — 北京 : 中国社会出版社, 2012.1

(中国新锐作家校园文学经典)

ISBN 978-7-5087-3932-8

Ⅰ. ①一… Ⅱ. ①江… Ⅲ. ①小小说-小说集-中国-当代 Ⅳ. ①I247.8

中国版本图书馆 CIP 数据核字(2011)第 279756 号

丛 书 名:中国新锐作家校园文学经典
书　　名:一里一里的阳光
著　　者:江东璞玉
责任编辑:杜　康

出版发行:中国社会出版社　　　**邮政编码**:100032
联系方式:北京市西城区二龙路甲 33 号新龙大厦
电　话:邮购部:(010)66081078
销售部:(010)66080300　(010)66085300
(010)66083600
传　真:(010)66051713　(010)66080880
网　　址:www.shcbs.com.cn
经　　销:各地新华书店

印刷装订:北京华创印务有限公司
开　　本:170mm×230mm　1/16
印　　张:14
字　　数:180 千字
印　　次:2016 年 1 月第 2 次印刷
定　　价:23.50 元

序

流浪在乡村和城市之间

20 世纪 60 年代，那个“史无前例”的运动开始时，我出生在陕南名不见经传的小县城西边三十里一个叫吴洼的小村里。我们那个县，翻过秦岭提起它就没有人知晓。记得 1985 年夏天我第一次去西安参加《长安》杂志暑期读书讲习班学习，有人问我是从哪儿来？我说洛南，那人就很惊讶，洛南？没听说过，哪个省啊？我赶紧解释，是商洛。那人想了想说，哦，是秦岭山里啊！从此，出门在外，只要人家问我是哪儿人，我就回答，商洛的，陕西商洛的。在我的个人简介里，我也这样叙述：1966 年生于陕西商洛……连县城都是这样的默默无闻，更不用说生我的那个村庄了。我不是不热爱生我养我的故乡，而是想说明我的故乡是多么的卑微。我还要说明的是，我的故乡之所以这样卑微，是它从古到今，没有出过一个名人——“地以人名”一直是中国的“国粹”，大的如韶山之于开国领袖毛泽东，小的如我们近邻的丹凤之于著名作家贾平凹。

事实上，我真正意义上的处女作应该是 1987 年上高中时发表在山东《文朋诗友》杂志的《那儿，有一片桃林》。也就是说，二十多年前，当我还是一个文学青年时，我已经在无意识间写出了我的第一篇小小说。那时候，我是一个狂热的文学爱好者。期间写的文字在河北《杂文报》、山东《文朋诗友》、江苏《春笋报》、山西《青少年日记》和几家函授教材上发表。《商洛文艺丛书·文学卷》选用了《那儿，有一片桃林》《春之歌》两篇文章。正是这一种狂热，我因为严重的偏科失去了上大学的机会。

在《我这十年》里，我写了长达十年的流浪生活。那其实是身体的流浪。颠簸流浪的生活让我告别了我挚爱的文学创作。一个乡村男人，流浪在四川成都、山西太原、河南豫灵……我常常遗憾那长达十年的远离文学的日子，反过来，我也感谢那些居无定所的生活，它使我的人生阅历更厚重，对人生的思考更多。它使我在远离文学近乎二十年后（1987—2005年）面对空白Word文档，脑海里的人物更丰满、题材更丰富。

在我的签名档和博主简介里，我这样说，生于乡村，活于城市。是的，在城市，我的户口本和身份证上是农民；在农村，我没有耕种一寸土地，就连我父母分给我的老房子也在那年的天灾中坍塌消失了。从上小学到结婚前，我一直上学，结婚后我仅仅在农村待了三年，种了三年责任田，此后就是漫无边际的流浪生活。1996年，我终于回到县城，在县城扎下了根，经过近十年的经营，我成了住在城市里的乡村人。

我的小小说作品，可以分成两个大的部分。一部分是乡村题材，一部分是城市题材。乡村题材多是我对生我家乡吴洼村父老乡亲的画像和我对他们深深眷恋。城市题材是我对我所讨生活的城市的思考和诠释。

每年的元宵节，我要回老家给老坟周围点上红色的蜡烛；每年清明，我要回老家给先人坟上挂白色的纸幌；中秋节，春节，父母的生日，我要回老家看看我年迈的父母；生意淡季，我时不时就想回老家转转，去我只留下几间厦屋的老院看看，去我屋后的田野看看，我喜欢看门前桃花盛开，我喜欢在软软的麦田里散步，没人的时候，我甚至像小时候一样，在麦田里偷偷打个滚。冬天里，我躺在故乡的雪地里，让女儿给我拍照。我站在老屋前面的杨树林里，把自己站成一棵树，我很想就这样永远地站下去。每次回家，女儿在奶奶爷爷的家里看电视，我却坐不住。我对父母说，我出去转啊。我穿行在曾经给我童年欢乐的、至今仍然寂寞、穷困的乡村里打捞我童年的记忆，少年的梦。我喜欢找我童年的伙伴、少年的玩友一起谝闲传，听他们讲发生在乡村的故事。特别是年龄迈过40岁后，我不止一次对爱人和女儿说，等把女儿交代了，我就回老家住啊。我要在我的老屋周围用篱笆扎一道围墙，我要扎一道柴门，我要在篱笆周围种满四季常青的爬山虎、喇叭花，我要用青砖做道沿，用小石子铺路，我还要在院子里栽一棵我小说里的苦李子树，我还要养两条狗，一只叫虎子，另一只也叫虎子——纪念我在城市里养大又丢失的两只叫虎子的狗。

我父亲一直说，村里邻家有红白喜事你一定要回来帮忙，因为你还有两个老人没有过世哩。我知道，老家有一句俗语——娶媳妇盖房，大家帮忙——是的，太阳从谁家门前都要过哩，谁家都要娶媳妇，谁家都会盖房，谁家都有老人要过世，这样的人生大事不是自己一家子甚至亲戚就可以办得了的。乡村不比城里，你就是再有钱，如果没有村里人来帮忙，你就没有威信，你就没有面子，你在村里人面前就永远抬不起头——这不是钱不钱的问题。在这里，面子比钱贵重几万倍。我的生意再忙，村里有了红白喜事我都会放下一切羁绊赶回老家。也许，我的女儿将来不会回老家了，但我的骨子里，老家是我永远也舍不掉的根。我常常一个人在老家的房前屋后，坡上地里徘徊。

《父亲的大学梦》《打牌》等乡村题材的小小说就是我为故乡人物画的像，为他们立的传。在这些小说中人物的名字都是真实的，不改一个字，挡捞、喜民……他们都是我喊哥的人，都是土得掉渣的名字。我闭上眼睛就能看到他们的音容笑貌，我敲击键盘，就能知道他们的动作，就能知道他们张口会说出怎样的话，我甚至能看到他们说某句话时脸上的表情。

乡村，我的乡村，有我写不完的人和故事。我一辈子离不开我的乡村，我也一辈子写不完我的乡村。

城市——我蜗居的地方

这个城市有我的房子，这个城市有我维持生活的生意。我曾经尽量把自己融入这个城市：洗漱、刷牙、吃早餐、去体育场跑两圈锻炼，和爱人上仓颉园，走在碎石铺就的花园甬道，也去市民游乐园健身，甚至爬上高高的馒头山摆各种姿势用手中的数码相机拍照；我穿这个城市流行的衣服，我说这个城市时尚的话语，我试着用这个城市人最新潮的手机和电脑，我也曾经走进夜晚的舞厅、茶秀、洗脚房……我试图改变一切乡村生活的习惯来适应这个城市，但这个城市永远不属于我。它总是用高高在上，居高临下的姿态来审视我，来拒绝我。也许它是属于我的女儿的吧。我在这个城市活着，我不因这个城市对我的敌意而仇恨它，我接触了这个城市形形色色的人物。我用我的方式来了解这个城市，来诠释这个城市的人和事。当然，我是这个城市的小人物，接触的也多是这个城市的小人物，写小文章的文化人，做碎生意的小商贩，偶尔认识的小官人。《小城“诗草”》《狗事》《绝招》这些小说就是小城小人物的艺术形象。每一个小说里的人物，在生活中都有他的原型，但艺术的人物又不同于生活中的人物。他是作者心中的人物，是完美的、是再创造的。小城给了我生活的源泉，也给了我创作的源泉。虽然小城一再地拒绝我，但如果没有小城给我创造了这么好的条件，我的文学梦也许永远都是一个缥缈的梦。

躺在小城的夜里，我回忆过去的时光，有童年的欢乐，有流浪的艰辛。就是在这样的欢乐和艰辛里，我又找到小说的题材，他们是我深深思考的产物。《妆脸》《思乡酒》是我客居安康的收获；《异乡》《谁是谁的爷》是上世纪贫困农村生活的真实写照；《一条自由飞翔的鱼》《风中有朵雨做的云》，唯美的境界里有淡淡的忧伤；《百元假钞》《难看》是人性里狗眼看人低的劣根性的艺术表现……

生于乡村，活于城市。我生命里注定流浪在城市和乡村之间。我的创作也永远离不开乡村和城市。我是一个生活在最底层的小人物，我的创作里也注定永远是为小人物立此存照、树碑立传。

江东璞玉

2011 年 11 月

目录
Cotentes

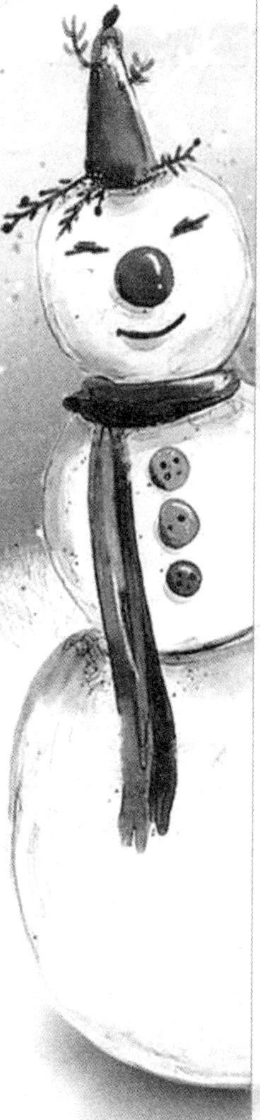

目录
Cotentes

目录

Cotentes

目录
Cotentes

目录

Cotentes

第一辑

亲情

虚拟死亡

叶叶是在儿子的哭声里睁开眼睛的。

是太累了。收摊回到租住的房子，电视开着，孩子在洗脚，叶叶和衣躺在床上竟然迷糊过去。叶叶做了一个梦，梦中，叶叶和儿子在超市购物，忽然，儿子就不见了。叶叶急出一身汗，等她在熙熙攘攘的人流里看到儿子时，儿子正被一个陌生人抱着，号啕大哭。叶叶就是这个时候睁开眼睛的。

叶叶喊儿子，小海，你哭啥？赶紧洗脚睡觉。

小海睁开紧闭的眼睛，看到叶叶醒来了，破涕为笑。眼泪还挂在脸蛋上。

叶叶坐起来，用手擦去儿子脸蛋上的泪水，问："哭啥啊？"

儿子说："妈妈，我以为你死了！"

叶叶一惊："胡说！妈妈是睡着了。"

儿子说："我喊你你不应，我推你你也不动。"

叶叶知道自己是太累的缘故。叶叶的心里最柔软的那部分忽然一热，一把搂过儿子。"好儿子，妈妈没白疼你。"叶叶起来倒了儿子的洗脚水，关了电视，给儿子脱了衣服，关了电热毯。躺在热乎乎的床上，叶叶对儿子说："小海，记住啊，下次妈妈叫不醒了，一定是病了，不要哭，要出去喊人，要打电话。你看到床头墙上的电话号码了吗？第一个是你爸爸的，第二个是你爷爷的。"儿子说："知道了。"

儿子五岁，还在上幼儿园大班。丈夫呢，远在外地打工。叶叶和儿子在农贸市场开个小门面，也就是混个嘴儿，主要是经管孩子上学。

冬天天亮得迟，六点手机闹铃响的时候，窗外还是漆黑一片。叶叶躺在热被窝里实在不想起来。多躺了五分钟吧，还是起床了。要给儿子穿衣服，要给儿子洗脸，要给儿子戴口罩，围围巾，领儿子去吃早餐，送儿子去幼儿园。等把孩子安排好了，天已大亮。叶叶看着上山锻炼的人回来相继开门，只好胡乱吃点东西，也去市场开门。接孩子，送孩子，开门，关门，和顾客讨价还价，叶叶的日子就这样在时光里流淌着。有多长时间没有在镜子里仔细看过自己了？叶叶感觉好长时间了，好像一个世纪一样。当叶叶在镜子里发现了第一根白头发的时候，她注意到，眼角也有了细微的鱼尾纹。叶叶在心里轻叹一声。累啊！

那天晚上的事出现得太突然。叶叶睁开眼睛的时候，看到公公婆婆都站在身边。叶叶四周看看，知道自己是在医院。叶叶问："我这是怎么了？"婆婆说："你醒来了就好，吓死我们了。"公公说："小海半夜打电话，说你死了……"婆婆打断男人的话："不会说话就甭说。"躺在床那头的小海被说话声吵醒了。小海看到妈妈已经好了，笑了一下："妈，你又活了。把我都吓死了。"叶叶在儿子和公公婆婆的叙述里才知道，儿子半夜起来解手，喊她她不应，推她她不动，到她脸上拧也没有反应，儿子就打了爷爷的电话。儿子第一句话就说："爷爷，我妈妈死了。"腊月里，雪还在下着，公公硬是惊出了一身汗。他们是打着手电筒赶了十几里路才到城里，然后把她送到医院，医生说是累的，住两天院就没事了。

叶叶躺在洁白的床上，感觉好累。看着床前站着的公公婆婆，叶叶说："爸、妈，你们坐下吧。我没事。"好长时间，叶叶都没有这样喊过爸妈了。更多时候，叶叶会给儿子说你爷你奶咋样，对别人说他爷他奶咋样。这声爸妈是从心里喊出来的，叶叶感觉其实很容易，很顺口的啊。

叶叶老公兄弟两个，叶叶老公小，在外地打工。老公的哥哥在一所小学教书。公公退休前也是教师，现在工资都两千多的。公公说，我和你妈有我的工资，够花，不要你们的。你们只要把自己的光景过好就行了。还不到七十岁，公公就自己花钱在老坟修了双筒墓，自己请了木匠在家做了寿木。公公说，我有钱，就不要你们花，到时候只要人前出个头就行。唯一的心结是，当年分家时，说的是公公老大管，婆婆叶叶管。叶叶不愿意，公公有工资啊。因为这件事，叶叶没少和老公吵。

叶叶老公回来的时候，叶叶身体已经好了，重新开始接送孩子和照顾生意。老公说，算了，我不出远门了，就在家好好做生意吧。省得又把你累病了。叶叶说，随你吧！

叶叶做梦也没有想到，老公回到家的第二天夜里，婆婆忽然打来电话。婆婆说，快回来，你爸不行了！老公一骨碌翻身起床。叶叶拿起手机，看看时间是半夜两点。叶叶说，现在肯定没有车了，咋办？老公喊，走路啊！跑步啊！叶叶叫醒邻居，安排了孩子就和老公冲进夜幕里。还好，夜市正在收摊，夜市那边有个电蹦子。叶叶和老公坐上电蹦子后，叶叶小心地说，也不知他爷把账目弄清楚没有？谁借他的钱，他借谁的钱。老公哼了一声，叶叶再没有出声。叶叶心里想，公公一个月那么多工资，少说也应该攒了十几万的，这下不在了，也不知放到哪，给谁了。

叶叶和老公赶回家时，公公已经缓过来了。公公说，没事，看把娃害的。婆婆说，可能是晚上睡觉前吃了几个柿子，半夜肚子疼得头上直冒汗，喊着他这下没命了，把我吓得啊……

虚惊一场。叶叶在心里松了一口气。

儿子的谎言

那天我刚开门，还未来得及打扫卫生，就进来了一老一少两个男人。年轻人有三十多岁，穿一件黑色皮夹克，胡子刮得干干净净，看着很精神。年龄大一点的头发有点花白，连胡子也显出灰色，上身着一件最常见的深蓝色四个兜中山装，从领口处可见里边套着老式的黑色棉袄。两人进来后直奔男鞋专柜，年轻人拿起标价216元的大趾王皮鞋，很仔细地看了帮料、底料，又用右手大拇指捻了捻皮面，转过脸问我："老板，把你这鞋价格合适一下，我实心买！"

我说："我们专卖店的鞋，都是全国统一零售价，不少价。"

那年龄大点的就拉了年轻人要往外走，一边说："一双鞋就要二百多元，谁让你买！"

我说："那是名牌，大叔！"

那年龄大的人气呼呼地说："你们做生意的都是翻一半要价。西安市的买卖，摸不着深浅。"

我说："不是的，这是名牌皮鞋……"

"啥名牌？订做一双皮鞋才要五十多元。"

这一老一少拉拉扯扯出门了。我心里说："乡巴佬，没穿过好鞋。"

过了不到半小时，刚才出去的年轻人又进来了。他给我发了一支硬猴王，很真诚地对我说："大哥，我母亲去世早，我父亲一手把我们兄妹拉扯大，又辛辛苦苦种烤烟，养猪，供我上大学。你看我上学要花钱，娶媳妇要花钱，就连买房子还要父亲借钱。如今，妹妹还没出嫁，我父亲却得了乙肝。唉，我想着，父亲一辈子受苦受累，没吃过好的，没穿过好的，把心血都用到我们身上了。现在好不容易把我供出来了，自己却不行了。再过五天就是我父亲七十大寿，我想给父亲买一双好鞋，可他就是嫌太贵。我到你这儿已来过两次了。我给你说，价就那价，我现在给你 100 元，待会儿我父亲进来了，你就说看在我一片孝心上，这双鞋按进价加路费卖给我。”

我接过年轻人递过来的钱，点点头。

又过了大概一小时，一老一少父子俩进来了。儿子让父亲试大小，父亲坚持讲好价钱再试。儿子就和我讨价还价，把刚才对我说过的话又说了一遍，我装做很感动的样子，冲那老者说：“难得你儿子一片孝心，这样吧，这双鞋我就照本钱加路费给你们！给 110 元。”

那老头还嫌贵。儿子就开始做父亲的工作，好说歹说，那老头终于坐下试鞋。

我给这对父子装好鞋，把他们送出门。看着那年轻人一手提了鞋，一手搀了老父心满意足地离去，我的心头忽然一热，我撵上去，把那年轻人叫进来，望着年轻人迷惑不解的目光，我说：“这世上像你这样的孝子已经不多了。这双鞋我按进价给你。”我掏出 99 元递过去，年轻人就是不接。我说：“套用你一句话——我是实心实意的。”

年轻人满脸狐疑。

我说：“你使我想到了我的父亲。我父亲在世时，我总是忙自己的生意，一年年过去，只在意钱挣了多少，没在意父母一天天变老。当我父亲真的躺在医院里再也不能起来时，我才意识到父亲供养的儿女个个英武，他老人家却一辈子没穿过一件像样的衣服、一双像样的鞋，没吃过一顿像样的饭……而我自己，一件衣服就几百元，一盒烟就是几十块，就连平常的一顿早餐吧，一碗羊肉泡馍也十几元，更不用说孩子每天的零用钱都是十几块。我们做儿女的花剩下的钱花在父母身上，父母都觉得是奢侈啊。当医生告诉我，父亲的病需要增加营养时，我托人千方百计弄来两个紫河车，就是胎盘，请华大酒店的厨师弄得香喷喷，可我、可我的父亲却一口也咽不下去了……”

一时间，我们俩谁也没有说话。

妆脸

下午，三姐来电话了，闲聊几句，三姐说，儿子这个月 20 号结婚，问秀英能不能回来？姊妹几个想她了。

秀英连想也没想，就说，我回来！

秀英本来是决定 10 月份回娘家的，已经好几年没有回去了。自从母亲去世，还没有去母亲的坟前烧过纸。现在，她等不到 10 月了。

秀英和永安是 20 年前在省城一所裁剪学校认识的——那时的裁剪学校和美容美发就像今天的打工潮一样汹涌泛滥。城市里的待业青年和农村刚从学校毕业的学生娃要想改变命运就得出门学个手艺。秀英是安康人，永安是商洛人，两人的直线距离也要近千里，那时候交通不便，从西安倒车，经宝鸡过汉中，要两天才能到安康。一千多里的距离也没有阻隔两人的恋情。他们结婚的时候，秀英的娘家没有来一个人，他们不愿意啊。

20 年里，秀英前 10 年几乎没有回过娘家，原因是回不起——不说回娘家给亲戚买礼物，就是汽车、火车的车票钱都心疼。生活刚刚有了点起色，父亲却过世了。过了几年，母亲也跟着去了另一个世界。秀英趴在盛殓母亲的棺材上哭成泪人时才体会到“子欲养而亲不待”的心境。

现在，女儿已经快 20 岁了，明年就要参加高考。生意也上了路，光景是一天比一天好。在洛城有了生意、有了房子，秀英的心里却总不是滋味。她总想着回娘家看看。在父母坟前跪下烧张纸一直是她未了的心愿。

秀英说：“我买衣服啊！”秀英就开始去市场转。永安说：“去专卖店看看，市场有啥好衣服啊？”秀英不理他，转了半天，拿回来个浅绿色的裤子，穿上试了，都说不错。她自己还不满意，说颜色不称心，她想买个黑色的。当她终于找到满意的裤子后，又说，刚才买的那个浅绿色裤子后悔死了，咋办？退又退不了。永安说："不就几十块钱嘛，放在家里换着穿。"秀英最后还是放到熟人那里寄卖了。

秀英说："我还要买双鞋。"永安说："好啊，就去街道专卖店买，不要再去市场转了。"秀英说："好，丫丫，和妈买鞋去，买双二百多元的。"秀英就和女儿拉了手，给永安一个背影。礼拜六，女儿下午不去学校。

母女俩转了一个下午，拿回一双"红蜻蜓"皮鞋。永安说："名牌啊？"女儿说："我妈是进东家、出西家，这家的贵了，那家的不便宜，专卖店的嫌太贵，超市的又款式不好，说到底就是不愿掏高价。这不，整个洛城转遍了，买了一双断码鞋，58 块。"

永安就说："你妈是掐也疼，衔也疼，就是没福气穿好的。"女儿说："哪是没福气哇，我妈是给你省光景呢。"

秀英说："我才不给他省呢。吃了饭，我还要做头发啊。"

永安说："女人的头，男人的烟，花钱没畔畔。干脆去剪个刘胡兰头算球了，也好洗也少花钱。"

秀英说："钱是挣下的，不是省下的。"

女儿就说："那你买东西咋总嫌贵啊？舍不得买高档的。"

秀英说："死女子，你知道啥。"

秀英还是去做了头，直板，花了 80 元。

"看看，这就不省了？80 元，买一件好衣服呢，买一双好鞋呢。也不能顶吃也不能顶喝。"永安看着秀英黑溜光滑、个性飘逸的秀发说。

秀英嗔他一眼："你知道啥啊，这叫面子工程。"

永安说："去，再给你买一件好上衣是正事。"秀英说："不了，我前半年才买的那件衣服就行，该给你省就给你省啊。"说毕大笑。

秀英从娘家回来后，从省城捎了点货，给门市部的。秀英说："这次回去，亲戚都说我有福气，嫁了个好男人。我咋就没看出你的好？"永安看着几包衣服几摞鞋没说话。秀英说："进货花了两千多元。"永安说："你不是说你侄子给咱还账一千多么？"秀英说："我走时拿了三千三，到省城还剩一千二，加上还的一千多……""啥？只剩一千二了？你花了两千一？"永安的眼睛一下子瞪得铜铃大。

"是。我花了两千一。"

永安的脸拉得很长，像门前的街道那样长，也像门前的街道那样灰。

秀英说："结婚送礼人家三百我五百，四个姐，两个哥谁家买礼都是一百多的。还有侄儿侄女现在都大了，又添了孩子。去哪家都不能空手吧，见了孩子我这个当姑婆的不发压岁钱行吗？一人一百……"

永安说："你呀，就是打肿脸充胖子！"

刚好女儿回来了，接过话："我妈哪是打肿脸充胖子啊？她是打自己的脸，给你充胖子呢！"

永安一怔："你说啥？"

女儿说："我妈在给你妆脸呢！"

永安怔了怔，没说话，脸上的颜色却好多了。西斜的阳光正好照进来，给永安的脸上镀上一层金色。

秀英也没说话，脸上充满幸福。很满足的表情。

谁的生日

黄昏的时候，接到一个电话“秦歌，小徐过生日，你过来！在樱花大酒店88号。”

正犹豫着，手机又响了，是齐秦的“大约在冬季”。我知道这是小城文学泰斗的，不敢不接。“秦歌啊！还让人来接你吗？大家都等着你呢！你不来我们就动不了筷子啊！”

一不会抽烟，二不会喝酒，就更不会划拳了，唯一会的是写东西。发了几篇小小说，在小城就有了点小名声，就进入了小城的文学圈子。最害怕的是文友聚会，又不得不去。

推开88号雅间富丽堂皇的门，紫檀色的大圆桌上坐满了男男女女。有一些人认识，有一些人不认识。一个不认识的小个子男人两手端了两盅酒走过来，“进门两盅酒啊！不能推辞！”

“不！不！我不会喝酒！”

“怎么？不给面子啊？”

喝！看来是躲不过去了。两杯酒下肚，肚子里就火烧火燎。落座，烟就递上来，“抽！”直接送进嘴里，打火机的火苗都能烧到胡子了。

很不自然地抽烟，任袅袅的烟雾往眼睛里飘，眼里有水流出来，难受啊！还得抽，不抽干吗？看一桌的文人吆五喝六地划拳，听这些在各种媒体大谈君子之道的人大讲各种荤段子。男人放肆地大笑，女人掩了小嘴，抛了媚眼地笑。

鱼端上来了。又有了喝酒的节目。头三尾四啊！就有人站起来，给鱼头正对着的人倒了满满三盅酒。正对着的人不是别人，正是小城文学界的泰斗啊！喝！喝!! 喝!!! 不喝不行！不行就喝！滋！滋!! 滋!!! 不愧是大家，有大家风范，干脆、利落。鱼尾呢？鱼尾呢？满桌上的人都在找鱼尾。奇怪，这是一条没有尾巴的鱼。叫服务员，叫服务员！那个长得水灵灵的服务员来了，围着桌子转了三圈："奇怪啊！我刚才往上端的时候明明看见那鱼尾还在打摆嘛！"

看着漂亮的女孩欲哭无泪的可人样，鱼尾正对着的小城电视台台长"扑哧"一声笑了。他刚才趁大家灌泰斗酒时，偷偷把鱼尾用筷子按到盆底了。罚！罚!！连罚四杯，替那位漂亮的服务员再罚四杯。台长一边说喝不了喝不了，一边连服务员的手一起抓起来，痛饮八杯。

有人提议讲关于男人和女人的话题。泰斗说："我讲一个故事。女秘书把讲话稿拿给局长看，局长看过后对女秘书说'你这个讲话稿啊，整体还不错。上半部分比较丰满，就是下半部分还是毛糙。好了，晚上来我给你整体上压一压，润色润色就好了。'女秘书下班回到家对丈夫说了，问丈夫：'你说我晚上去呀还是不去呀？'丈夫说：'去你娘的脚！'"

满桌的人就大笑。

台长说："其实，女人有两个优点一个漏洞，男人最大的优点是善于发现女人的优点和弥补女人的漏洞。"

台长的话说完，过了好一会儿，有一个人回过神来大笑，那些再回过神来的男人也大笑，那些女人就红了脸，用手指了台长没骂出口。

肚子里塞满了鸡鸭鱼肉，灌满了太白一壶藏，嗝儿、嗝儿地往出走。走！去"醉人阁"卡拉 OK 一回。有人提议。

跳啊！唱啊！闹啊！哭啊！

顺礼！有人开始填礼单了。

多少？一百！

一百就一百！从家走时身上的钱幸亏老婆没掏。

走在回家的路上，街道的路灯早灭了。东倒西歪，总算回到家了。妻子还没睡，在等我。"谁过生日啊？"

谁的生日？我也问自己！

"知道我为啥等你吗？"

我茫然。

妻子又说："今天是啥日子？"

我说："九月二十一啊。"

妻子说："你知道我今天生日吗？"

是啊！我怎么就把妻子的生日忘了呢？

思乡酒

秀英做梦也没有想到，十八岁离开故乡来到广东打工，就再也回不去了。秀英的家乡在陕南汉江边上，巴山深处。从记事起，秀英家的大门后总堆放着好几个肚大口小的粗瓷缸，酱褐色的。那些做工粗糙的缸里装满了包谷酒、高粱酒、米酒。父亲是这个家早上起床最早的人，秀英还在梦中，就听见父亲在灶房“啪！啪！”烧柴煮酒的声音。

父亲在火塘里添上桦栗木，用二尺长的火筒吹燃，在“哔哔啵啵”的燃烧声里，拿下烟黑色的搭钩，把盛满水的铁壶吊在熊熊的火焰上，装酒的瓷缸里边白，外边黑，堆在火塘边，“嗞嗞”地冒着热气。

父亲喝过白酒，就开始吆喝全家起床。大人下地，小孩上山。地里是永远也薅不完的草，山上是永远也放不结束的牛羊。在下地和上山之前，母亲必会拿了粗瓷大碗，去酒缸里舀了自家酿制的粮食酒，父亲米酒、母亲包谷酒、孩子们就是高粱酒。然后用火塘上烧开的水冲好。一碗原汁原味的粮食酒，喝得全家人浑身直冒热气，精神倍增。

当然了，这都是以前的事。

秀英接到电报时，头脑“嗡”的一声，瞬间一片空白。等她清醒过来，就火车汽车地往老家赶。秀英还是没有见到父亲的最后一面，一头白发的父亲只能永远留在记忆深处。秀英趴在父亲的坟头哭得黑天黑地，哭父亲小时候打她骂她，哭父亲在她结婚时生气不去看她、哭父亲背着她又疼惜她的各种往事。父亲啊！你咋就不等等你最小的女儿呢？我知道你其实在心里是最疼我的。是我不听你的话，是我执拗的性格决定了我远离父亲和母亲。父亲啊！你知道我常常面对老家的天空，眺望老家吗？你知道我常常在心里祈祷你和我妈身体健康吗？

秀英回到广东后，就在自家的门后也放了三个大缸。秀英酿了三缸酒，红、黄、白三色，在春天的南方，散发出醉人的酒香。男人笑她，想喝酒拿钱随便买啊！超市里啥酒没有？秀英不管不闻。她其实也很少喝酒，就是喜欢每天早上开缸，让房间里充满浓浓的酒香。在这浓浓的酒香里，秀英仿佛回到了千里之外的巴山老家，仿佛看到父亲的白发和母亲蹒跚的身影。此时，秀英的眼就热热的，心里就暖暖的。

女儿三岁的时候，大街上流行一首歌叫《思乡酒》。那次，秀英和女儿上街，忽然从一家音像店里飘来这首歌："独自捧着一碗思乡酒，转眼又是重阳九月九。想给爸爸妈妈，一声问候，我呀祝福你们健康长寿！"秀英一下子就定在那里，身子不动，眼睛也不动。女儿拉了她的手，摇啊摇，见母亲没有反应，"哇"的一声哭了，秀英这才回过神来。秀英走进音像店，买了那盘陈星的碟片。从此，秀英的家里总是飘荡着《思乡酒》和《离家的孩子》伤感、忧郁的旋律。

一次老乡聚会，在KTV迷离的灯光下，秀英一曲《思乡酒》唱得满场老乡泪流满面。老乡中有个在广东混得有出息的男人，开了家酒吧，就找秀英去他的酒吧唱歌。秀英说，我只会唱这首《思乡酒》。老乡说，我只让你唱这首歌，有这首歌就足够了。

秀英开始出入灯红酒绿的场所。原来清清秀秀的秀英变得浓妆艳抹，她的身边不时有大腹便便的男人。秀英开始喝酒，酒是红酒，开始抽烟，抽的是摩尔——那种又细又长的咖啡色香烟，夹在秀英细长白皙的手指间。袅袅的烟雾笼罩了秀英苍白的脸色。秀英的《思乡酒》唱红了，"思乡酒吧"的生意也更加火暴。秀英唱着唱着，眼泪没有了，那些听她唱歌的客人也没有了眼泪。没有了眼泪的秀英某一天忽然失踪了，后来人们才知道，秀英又一次回到了老家。秀英的母亲也离她而去，秀英同样趴在母亲的坟头上哭，奇怪的是，秀英哭不出来，也没有了眼泪，勉强哭出了声，眼里却没有一滴眼泪。一个月后，秀英回到广东，闭门不出，她开始认真地做起贤妻良母，丈夫和女儿都惊讶于秀英的变化。秀英惨淡地一笑，不言语。只是秀英家门后的那三个酒缸还在。每天早上，秀英家里还飘荡着浓浓的酒香。

一条自由飞翔的鱼

那条红色的金鱼是女孩上学时从一栋大楼底下捡到的。女孩四下望望没有人，猜想这条鱼应该是这栋楼上谁家鱼缸里的鱼。也许那户人家的鱼缸放在阳台上吧。女孩就想起自家阳台那条自由飞翔的鱼。女孩把那条鱼在水龙头下冲洗干净，装进盛水的塑料袋时，发出一声诘问："我就不明白，这条鱼为什么要从鱼缸里飞出来？"

女孩把鱼放进自家的鱼缸。

这个鱼缸里原先也是有三条鱼的，一条黑色的，一条红色的，这两条大一些，爸爸说那是他和妈妈；另一条小鱼是金黄色的，两只眼睛大大的，圆圆的，爸爸说那是女孩，他们唯一的女儿。每天晚上女孩从学校回到家，都会看到父亲在阳台上给那些胖娃娃啊、洋樱桃啊、蟹爪莲啊洒水，更多时候，爸爸就站在鱼缸前，给水面上撒些鱼食，看那三条鱼儿抢食。有时候，爸爸会拿了细细的不锈钢鱼篓点那条黑鱼的头："叫你抢，叫你抢，你还是个做父亲的样子吗？"女孩就笑了，女孩说："爸爸，你怎么不点妈妈呀？"女孩说的妈妈是指那条红鱼。爸爸说："嫁汉嫁汉，穿衣吃饭。"女儿和妈妈都是爸爸的心头肉啊。

爸爸说这话时，妈妈还没有回来。女孩知道妈妈又去跳舞了。妈妈说她跳舞其实是在找客户。妈妈先是跑保险，后来跑直销。爸爸说，那是传销，国家打击的。妈妈不听，妈妈说："你懂什么？只知道下死苦挣些糊口钱。看看人家老婆穿的啥，戴的啥。当初真是瞎了眼，跟了你这个善于满足现状的人。"女孩知道，妈妈心气高，总做一夜暴富的梦。女孩也听过到家里来的人给妈妈讲一夜暴富的故事。爸爸不信，女孩不信，可妈妈信啊。

爸爸白天就守着门市部，还要做两顿饭。晚上回家了，洗衣服，收拾家里的卫生，时不时的，还要上缝纫机给女孩缝缝补补。女孩有时想，爸爸真的是这个世界上最伟大的父亲呢，家里家外都是他一个人，并且做得那么好，那么任劳任怨。妈妈白天跑客户，晚上回到家就喊腿疼脚疼腰疼背疼，爸爸打了洗脚水放到妈妈的脚下，妈妈看也不看他一眼，说，德行！妈妈把脚泡在温水里，眼睛就粘在电视上了。

女孩一边看书，一边在心里说，妈妈，妈妈……女孩真的没有想出来她后边要说些啥话。

有一天，女孩突然发现鱼缸里那条红鱼不见了。那条黑鱼和小黄鱼没精打采的。爸爸说那条红鱼飞走了，自由飞翔啊。女孩看见胖娃娃（爸爸说那叫玉树）也瘦了，瘦了身子，瘦了叶子。女孩也发现爸爸的胡子长了，头发长了。女孩就想哭。妈妈在这个秋天走了，去了遥远的深圳。女孩记得妈妈走时爸爸不愿意，爸爸第一次冲妈妈发了火，但妈妈还是义无反顾地走了。妈妈说，深圳工资高呢，打工比在家当老板挣的钱多。那是妈妈跑直销失败后走的另一步棋。

中午放学，女孩看到阳台上的胖娃娃又绿了，那盆新栽的芦荟也抽出了新芽。春日的阳光里，胖娃娃的叶子更绿，鱼缸里的水更清，能看见清水里假山和五彩石的水纹，还有水草上面的阳光和花朵。那条红鱼摆了下尾巴，和那一大一小两条金鱼欢快地嬉戏起来，一点也不害怕人。女孩的眼里就热热的。

不知什么时候，女孩发现爸爸站在身后，脸上露出少有的笑容。

女孩抬起头：“爸爸，你看，那条红鱼又回来了。”

爸爸笑了。爸爸抬手在女孩头上抚了一下，说：“闺女，你妈妈来信了。”

女孩看见爸爸的下巴上光光的，在阳光下闪着青色的光。女孩的心一下子像这个春天的阳光，暖暖的。

哥俩好

福山知道他的病是看不好了。在弥留之际，他唯一的心结是，成山一直没有来看望过他。成山是他唯一的弟弟啊！

惠子说，去看看他吧，他是你亲哥啊！惠子是成山的老婆。成山坐在床上，裤子还没有穿，披了一件灰色的外套西服，领口一边高，一边低，正在过他的“早起一支烟，赛过活神仙”的瘾：“不去！福山他就不是人！”

惠子和成山还没有结婚的时候，成山骑自行车带惠子去县城，走到百塬，惠子看到福山也骑着自行车从对面过来了。惠子正想着该不该和福山打个招呼，成山脚下一使劲，车子“呼”的一声早冲过去了。惠子一惊，差点摔下车子。在这一瞬间，惠子也看到了福山一扭头间眼睛里的惊讶和不解。

惠子过门后就知道了成山和福山的不和。惠子不止一次在床上问成山，咋了？他把你咋了？成山就一句话，他就不是人！成山给惠子说，你到这个家了，就是这个家的人。上要孝敬老人，下要爱护孩子。嫂子那里关系你要处理好，侄子侄女都是自己的孩子一样，但我们没有那个哥。福山他就不是人！

惠子就像和福山也有了仇一样，有人了，见面就装做没看见，没有人，扭过头就走。成山自己呢，福山挑过水的井他从来不紧接着去挑，非要等到有人打了水，他才去；福山走过的路他也不走，非要等有人走过了，他才走。有几次，福山故意在成山冷不防时出现在成山的面前，他就想堵住成山问个清楚，我究竟什么地方得罪你了？成山扭过头不急不慌地走了，把一脸茫然的福山晾在那里。

那时候，父母亲还在，父亲不说话，只是用一双忧郁的眼睛看着成山好长时间，然后无奈地摇摇头，叹一口气。母亲找过成山不下十回。母亲说：

“你哥什么地方得罪了你，你给我说，我让他给你赔礼道歉。”成山说：“妈。这事您就别管了，有你吃有你穿就行。惠子对你不孝了，你对我说。有我收拾她哩。”母亲说：“这不关惠子的事。惠子比你强多了。福山是你哥啊！他就是得罪了你，有啥话就不能明说吗？”成山说：“福山不是我哥，他就不是人！”母亲气呼呼地走了，走时丢下一句话：“真是一根筋。”

母亲从成山那里出来又走进福山家里。母亲问福山，你啥地方得罪你兄弟了，让他记恁大的仇？福山说，我也不知道啥地方得罪成山了。我几次想问他，可他就是不给我说话的机会。

过了几年，成山的儿子和福山的儿子在一个学校读书。两个孩子也是互相不说话。放学了，一个在前面走，另一个就落得很远，中间肯定有好几个学生走着。有一次，福山的儿子和另外一个学生打架，那个学生个子高，福山的儿子明显吃了亏。有同学就喊成山的儿子，快，人家打你兄弟呢！成山的儿子虽然比福山的儿子小几个月，可个头高，在学校也是个惹事的主儿，相信他只要走过去，那个打架的学生就会放了福山的儿子的。但成山的儿子只是回头看看，照样趴在桌上看他的小人书。随口丢出的话竟然也是：“他就不是人！”

福山的病是越来越不行了，他告诉家里人把他弄回家。他说：“我这病我知道，住院是白花钱哩。”福山回到家的第十天就汤水不进了。有好几次，家里人以为他都要走了，他又睁开闭了很久的眼。妻子趴在他耳边说：“你放心，孩子都大了，都听话，有我照看他们的。”女儿、儿子也握了父亲的手，泣不成声：“爸，你放心，我们会好好生活下去的。”福山点点头，又摇摇头。福山招手让妻子过去，他用右手食指在妻子的手心艰难地画出个“成”字。妻子就知道了他的心结。

成山站到福山的病榻前，看着福山皮包骨头的病容，他忽然想哭。福山同样在成山的手心画出个“为啥”两个字。成山知道福山的意思，他从来没有像今天这样认真思考过这个困扰了他一辈子的问题。从小到大和福山在一起的日子像过电影样一幕幕展开。他竟然找不到福山对自己的伤害了。出现在脑海里的总是福山对自己的好。成山的心一酸，大声叫了声“哥啊！……”

福山的眼睛一下子闭上了，再也没有睁开。

谁还记得我的生日

吴天昊是一个生意人，生意人有两个特点：一是拿钱说事，二是拿忙说事。这不，老家出了人情，父母打电话让他回家，吴天昊就对老婆说："看看，又要耽搁一天，百十块的收入没了。"父母年龄大了，住在距县城 30 里的乡下，吴天昊总是没有时间回老家看看父母，找的借口就是忙，忙死了。

吴天昊有两个女儿，上高中。一个比另一个高两级。礼拜一早上，吴天昊还在被窝，睡眼蒙眬里，大女儿说："爸，发钱。"吴天昊眼没睁，说："枕头底下。"大女儿翻了翻，说："没有啊？吴天昊说，真笨！你看看褥子底下。"大女儿取出钱，抽出一张二十的，抽出一张十元，在吴天昊睁开的眼前晃晃，说："你又没说在褥子底下，还说我笨。"大女儿把钱还没塞到枕头底下，小女儿就过来了，说："还没给我取呢。"小女儿抽出三张十元的钞票在吴天昊眼前晃晃，"三十啊，没多拿。"话刚说完，又说："再拿五毛，我要坐公交。"

吴天昊又闭上眼睛，说："光知道花钱！把学习抓紧点！"

吴天昊睡到八点，在老婆三番五次的催促和手拧脚蹬下起床了。生活永远千篇一律，开门，摆货，招徕顾客，天上要，地下还，和各色人等块儿八毛地讨价还价。没有顾客的时候，吴天昊就站在市场，和那些男人谈女人，看走过的这个女人胸低了，那个女人臀翘了。围着象棋摊，为了别人走的一步臭棋争得红脖子涨脸，差点动手。更多时候，吴天昊站在老婆身后，看老婆和一个女人、两个男人打麻将。老婆原来不打麻将的，老婆不打麻将就和吴天昊掐架。吴天昊从一本书上看到，要想老婆不掐架，最好的办法是不让她闲下来，而让老婆不闲下来的最好办法是让她去打麻将。打麻将越打越上瘾，什么事情一旦上瘾就放不下。吴天昊鼓动老婆学会打麻将，并且上瘾后，老婆果然就不和他掐架了。吴天昊想和她掐也没辙——每天晚上，吴天昊进入梦乡之前绝对见不到老婆。吴天昊看老婆打麻将，只有看的份，没有说的份，一是他不懂，二是他没有说的必要。他说对说错都只会换来老婆的痛斥。

吴天昊怕老婆是市场出了名的。老婆说，天昊，做饭去。吴天昊就围了护裙去厨房；老婆说，天昊，该洗衣服了，吴天昊就戴了橡皮手套去洗衣服；吴天昊唯一能站得起、放得下的事是他写得一手好字。晚上老婆出去打麻将，吴天昊就在家里写字。等女儿下自习回来，吴天昊书桌上写过的报纸已经半尺多厚了。女儿就笑他："爸，你还想当书法家啊？"吴天昊也不答理女儿的话，继续写他的字。吴天昊的字是腊月里花鸟市场最抢手的。

吴天昊常常这样说，一个男人没有点爱好还是男人吗？吴天昊不抽烟，不喝酒，就是喜欢写字。而写字要用的文房四宝是不能将就的，需要上等行货，方能显出儒雅之气。老婆就不高兴，说你写字能吃啊能喝啊？能挣多少钱啊？光花钱，一辈子做的都是赔本买卖。吴天昊就反驳，我一不抽烟，二不喝酒，三不打麻将，四不跳舞，五不嫖娼……吴天昊还没说完，老婆就说，你去抽啊！你去喝啊！你去打啊！你去跳啊！你去嫖啊！可惜的是你没有那些本事！

没本事的吴天昊就只有站在门市部，和那些男人女人讨价还价，仨核桃俩枣地争来争去。

吴天昊忙了一天，等天色暗下来，收摊，关门，拖着疲惫的身子回到家，灰暗的房子里没有一个人。女儿上晚自习还没有回来，老婆打麻将刚刚出去。吴天昊一屁股坐在床沿，兜里的电话却不合时宜地响起来，一声比一声紧。吴天昊很不耐烦地接通电话，那边传来的是母亲的声音："昊啊，收摊没？今天是你生日，别忘了吃长寿面啊！"

"我的生日？妈，我的生日？"

"昊啊，你是不是忙糊涂了？今天是你的生日啊！"

吴天昊记得在网上他的生日早过了，那时候，有很多网友给他发来了生日贺卡。那个日子是他身份证上的日子，阳历。他真正的生日倒被人忘记了，包括女儿、老婆，甚至他自己。唯一能记住他生日的只有父母，准确的说只有母亲。记得有一本书上说，我们的生日其实就是母亲的受难日。只有母亲会永远记住这个日子。

吴天昊挂掉母亲的电话，在墙上看挂历，这才知道今天是农历的庚寅年三月二十四日，正是他四十四岁生日。吴天昊在心里作了个决定；明天一早就回老家。记得母亲爱吃甑糕的，一定称一斤拿上。

第二辑

言情

浇花 / 爱拼才会赢 /

骑着单车去石坡 / 许愿灯

阿莲 / 风中有朵雨做的云

“桃”之夭夭 / 旧友

浇花

客厅里有四盆花，说是“花”，没有一盆开放的，但都绿得可爱，真正的郁郁葱葱。一盆君子兰，一盆玉树分别放置在电视机两侧；一盆棕竹，一盆铁树在鱼缸左右。长方形的鱼缸里五尾金鱼——两条黑色的，三条红色的——在水草间嬉戏。

秦歌回到家的第一件事就是给花儿浇水。去卫生间给喷壶里注了水，然后“扑哧扑哧”地打气，优雅地给那些玉树啊、棕竹啊……喷水。那从喷壶喷出的水像雾弥漫在绿云一样的枝枝叶叶上。圆形的、锥形的叶面上就有了露珠往下“滴答滴答”地掉。

这时候，妻子美云正窝在沙发里看电视剧《还珠格格》。美云看电视很投入，懒懒地靠在沙发上，脱了袜子的双脚蜷缩在双腿之间，两只手就去握了两只脚，两只眼睛盯着电视机一会儿笑，一会儿哭，一会儿又恨恨的，当然是恨容嬷嬷了。

秦歌浇了花，看着满室苍翠，心里就舒服了许多，捏了一撮鱼食投进鱼缸，看那几尾金鱼从水深处游上来抢食，就很惬意地笑。然后走到沙发前，拥了美云一起看电视。秦歌的右臂环在美云的腰上，美云就顺势窝在秦歌的胸怀里，回眸一笑，说：“我的沙发来了，让我好好靠一靠！”美云的脸上充满幸福的笑。四十岁的人了，不见一点老态。没有臃肿的眼袋，没有明显的鱼尾纹，脸盘上也不见褐色的色斑。倒是白里透出隐隐的红，用健康、美丽来形容绝对不过分。美云的头发长，衣领却开得低，露出的那一段脖颈就特别长，又白，在日光灯下让人有一种欲吻的冲动。

秦歌写下上面这段文字时，心里酸酸的，这样的日子离开他们已经多久了？客厅的花已经移到阳台外边。那盆棕竹和君子兰枯死一年多了，只有玉树和铁树还在强撑着，靠了自然的光和自然的雨来维持生命。整个客厅死气沉沉的，沙发上有一层细细的灰尘。

都怪买回了电脑！秦歌想。当初是秦歌和女儿轮番上阵才攻开了美云的金口。电脑买回来了，女儿用得少，秦歌用得多，秦歌有理由啊——我要写东西。秦歌的东西写得没有成绩，秦歌的QQ功夫却了得。慢慢的，秦歌一进书房就不出来了。每天晚上都是一两点才睡，那时候，美云早睡了。秦歌一倒在床上浑身骨头就像散架了一样，眼睛困，身上困，连身子也不想翻一下。一觉醒来已是第二天的十点多了。

秦歌再看美云的时候，心里就一个字——俗！秦歌埋怨美云不看他写的东西，对他的失败和成功不闻不问。秦歌的心思就放到了网上。写了小说，写了诗就贴上去。他很在意那个网名叫“烟雨蒙蒙”的网友的看法和评论。

秦歌回到家的第一件事就是打开电脑，上QQ。“我在这儿等你，你知道吗？”大多时候，“烟雨蒙蒙”早上线了。离线的时候，她会留言“你好吗？我很好！”

这一个晚上，夜，已经很深了。秦歌揉了揉发困的双眼，看了看“烟雨蒙蒙”发过来的“886”关掉电脑，站起来伸伸腰，回到卧室。他忽然发现在梳妆台上有一盆文竹，可惜的是枝枝叶叶已经泛黄，正一丝丝地脱落。怎么就没注意这儿还有一盆花呢？是谁放的？是美云吗？她一直不管这些花花草草的。看到这盆没有生气的花，秦歌才想起好长好长时间没有打理屋子里的花了。秦歌走过去，闭着眼睛的美云脸盘子憔悴了，没有了往日的红润和生气。美云，你怎么瘦成这样了？秦歌心里想着，嘴里不由得说出了声。他的手在美云的脸上抚了一下，把扑在脸颊上的长发拢后去，那曾经飘逸的长发也涩涩的。美云的泪就涌出来，左眼的泪水越过鼻翼流进右眼，混合了右眼的泪水滴落在床上。

美云——美云——

秦歌洗了一把脸，在这个深更半夜里，把阳台外的花重新搬进客厅，他开始认真地给每一盆花浇水。那些沾了水汽的花儿又绿生生地舒展了腰肢。秦歌走进卧室，把那盆文竹捧在手上，轻轻地吹一口气，看着文竹在多情地摇曳，就笑了，说，我会好好珍惜你的。

爱拼才会赢

惠萍第一次见到大宝是在朋友的生日聚会上。金色广场的歌厅里，大宝一曲《爱拼才会赢》让惠萍听得如醉如痴，泪流满面。那时候，正是惠萍人生处于低谷的时期。高考失利，那些学费高的民办学校父母出不起钱，惠萍也不想去。走出校门，一下子面对鱼龙混杂的社会，惠萍像一只无头苍蝇，乱冲乱撞一阵，终于败下阵来。

“一时失志不免怨叹，一时落魄不免胆寒。哪怕失去希望，每日醉茫茫，无魂有体就像稻草人。人生可比是海上的波浪，有时起有时落。好运歹运，总嘛要照起工来行。三分天注定，七分靠打拼，爱拼才会赢！”

大宝唱得很投入，故意咬字不清，加上始终紧闭着眼睛，下巴抬得很高，头部夸张地左右摇摆，很有港台歌星任贤齐的范儿。惠萍一边看着大宝唱歌，一边不自觉地拍起了手，一下一下的，更像打着节拍。坐在惠萍边上的南岸就说：“惠萍，你怎么了，该不是看上那小子了吧？”惠萍没有一点反应，还是痴痴地听她的歌，打她的节拍。南岸就用双手去捂了惠萍的眼睛。惠萍这才反应过来，喊：“南岸，你怎么了？”南岸说：“我还要问你怎么了呢？说，是不是看上唱歌那小子了？”

惠萍说：“去你的。”

说着话，大宝已经坐在惠萍对面的沙发上，举起面前的啤酒一饮而尽，很男人的样子。南岸伸出手，和大宝握了握，说：“认识一下，我叫南岸。这位是我女朋友，叫惠萍，听你的歌都流泪了。”惠萍伸手给了南岸一拳：“谁说的？”大宝说：“是吗？”又仔细看了惠萍一眼：“我叫大宝。很俗气的一个名字。”

自从那晚听了大宝唱的《爱拼才会赢》，惠萍拒绝了南岸挽留的臂膀，只身一人去了广东打工。惠萍先是在一家电子厂上班，后来又去了一家鞋厂，这期间因为超长时间的加班，惠萍几乎坚持不住了。可每次当她就要打退堂鼓时，大宝“三分天注定，七分靠打拼，爱拼才会赢!”的歌声总在她耳边响起。咬咬牙，惠萍还是坚持了下来。最后，惠萍在一家玩具厂从业务员做到了销售部经理，年薪十几万。

那年，惠萍回到小城。下车的第一时间就给大宝打电话，打不通。再给南岸打电话，通了，说：“谁啊?”惠萍说：“是我。惠萍。”那头就压低了声，“你在哪?”惠萍说：“我在车站。”那边刚说：“你等着……，”就听话筒里传来，又给哪个婊子打电话啊？一个很恶毒的女人声音。惠萍挂断电话，茫然地走在熟悉而又陌生的街道上。几年没回来，物是人非。她奇怪，手机里存的号码咋就打不通了?

惠萍的后背突然被人拍了一下，回过头，看到南岸坏坏地笑。惠萍说：“怎么，这么快就‘妻管严’了?”南岸做了个很不自然的表情：“女人嘛，都是那样。这不，一听到您大驾光临，就马不停蹄赶来了。”还是街角那个小而干净的冷饮店。南岸告诉惠萍，大宝春天就进了看守所，听说可能要判几年。惠萍变脸失色：“怎么了？怎么会是这样?”南岸说：“还记得大宝唱那首《爱拼才会赢》吗？大宝是确实爱拼了。拼出了一个工程队，拼出了好几个工程，最后却在工程质量上跌倒了。”

惠萍是在一个阳光很好的日子去看守所的。惠萍见到大宝时，大宝惊讶地睁大了眼睛。“怎么是你?”惠萍说：“还记得你唱的那首歌吗?”说着就轻轻哼唱起来，“一时失志不免怨叹，一时落魄不免胆寒。哪怕失去希望，每日醉茫茫，无魂有体就像稻草人。人生可比是海上的波浪，有时起有时落。好运歹运，总嘛要照起工来行。三分天注定 ，七分靠打拼，爱拼才会赢!”

这一次，泪流满面的是大宝。惠萍说：“大宝，你知道吗？那次你在 KTV 唱这首歌时，我也像你今天一样泪流满面，也是从你的歌声里我才找到希望。这么多年来，是这首歌支撑我一路走下来。”大宝说：“谢谢你来看我。我在外边时，高朋满座，我进来后，就没有一个朋友了。”惠萍说：“大宝，是人，都会犯错。记住这次教训，爱拼才会赢，要拼得有良心啊。”

大宝后来才知道，惠萍在探视日志“关系”栏上填的是“恋人”。

骑着单车去石坡

领队介绍新来的会员叫朱世玲。我心里哑然失笑，朱石领，该不会是水浒里的英雄吧？等朱世玲笑着和大家打招呼时，我才发现这是个似曾相识的女人，温柔中有些许腼腆。

这个双休日，我们的目的地是石坡。石坡距离洛城四十多华里，其间要翻一座庵沟岭。洛城到庵沟岭这段正好是全部历程的一半路程，几乎都是上坡路。我们的自行车队出发后，大家争先恐后地冲出洛城，向东一路疾驰。队伍过了麻坪桥，渐渐拉开了距离。

秋日的阳光很好，把一大片金黄的光芒洒在沿路的山坡上，河流里。山坡上的各种树木在秋霜这位大师的描绘下，呈现出金黄、血红、碧绿等等色彩，由这些色彩组成的图案更是变幻莫测、神奇无比。潺潺流动的河水翻着金子样的浪花。“嗨，你好！”抬起头，那个叫朱世玲的女人从后边赶上来，“你是老会员了吧？”“是啊，快两年了。”朱世玲说：“真羡慕你呀。”又说：“知道吗？我的老家就在石坡呢，像这样骑着单车回老家的感觉已经很遥远了。”我说：“是吗？提起石坡，我倒有个有关石坡的故事。也是有关单车的，想听吗？”

朱世玲点点头。

高三那年，我们班转来一个女生，叫刘夏，高高瘦瘦的，两条麻花辫子吊在格子布衫前面，走路喜欢低着头，看不清她的真面目。起初，我并没有在意这个貌不出众的女生。注意到她是在期中考试成绩公布后，刘夏是我们班的第一名。当老师在讲台上公布了考试成绩和名次后，教室里响起“嘘——”的一片声音。太意外了，谁也没有想到，这个从石坡转来的，清瘦的、不善言辞的女生成绩会这么好。我特意留意了一下刘夏，她的头低得更低了。我坐的位置正好在刘夏的左后，能看见她的侧面。我甚至看到她的耳根已经发红。那时候，我心里某个地方“嗵”的动了一下。

我开始把我的小说借给萧棉看，萧棉是刘夏的同桌。我唯一的优势就是作文写得好，课外书多。萧棉喜欢看小说，尤其喜欢看琼瑶的小说。萧棉曾经向我借了几次《窗外》，我都找借口婉拒了。这次为了刘夏，我主动把《窗外》借给萧棉。我的小算盘是萧棉看小说时，刘夏肯定要看的，刘夏看了小说，肯定会感动，感动了的刘夏肯定要从萧棉那儿了解我。事实上，我这个计划是失败的，刘夏根本就不看小说，她只知道抱着书本死啃。

有一天上数学课，我看到刘夏在抽屉里翻来翻去，急得脸红脖子粗。她的桌面上还是没有放上课本。萧棉说：“刘夏的数学书丢了，不知是哪个家伙嫉妒刘夏的成绩搞的鬼。”我说：“不要紧，把我这本给她吧。我正好不喜欢数学，也学不会。”萧棉说：“那怎么行？”我说：“你就别管了，我找一本用过的就行。谁让刘夏是我们班的第一名啊，她是我们班的骄傲哩。”没有人知道，刘夏的数学书其实是我偷偷拿走的。

刘夏第一次向我绽开了微笑。我发现她的笑是那么美，纯洁、善良，充满母性的温柔。我冲她扬了下手，意思是没啥。我又拿起我面前一本旧数学书说：“我有呢。”

那年寒假，我自告奋勇，留下值班。我们班只有四个同学，就睡在教室里。那时候，我们学校宿舍少，女生住在宿舍，男生大多在教室睡。下晚自习后，把桌子拼到一起就是床板。铺盖是从自己家里带来的，两个同学钻一个被筒。我留下值班后，大多时间是看小说。为了白天回家方便，我把二哥的自行车骑到学校了。我记得很清楚，那是大年初三的早上。那天早上一起床，我就想着，我要去石坡，我要骑着单车去石坡。

没有人问我去哪儿，我在啃从家里拿来的两个冷馒头，去水龙头那儿喝了两口冷水后，打着饱嗝推出单车。从丰镇到洛城三十里，是下坡路。我的心情非常好，虽然沿路杨树的叶子已经落尽，虽然麦田里的白雪还没有化尽，虽然阳光也是惨白惨白的，可我心里的阳光很明媚很温暖。我是在一路歌声中到达洛城的。我没有在洛城停留，而是一直向北。洛城到石坡这段路在我的行程里是个空白，我是边走边问。那时候，从庵沟口到石坡还没有硬化路面，单车在砂石路上艰难地走着，走到庵沟岭半腰，我不得不下车推着车走。

翻过庵沟岭，到商树。人已经筋疲力尽，问路人，石坡在哪？还有多远？路人指引，再往前走，过延河桥，往左手拐就到了。过了延河桥，还不见石坡影子。也不知走了多少路，单车终于进入一个两边都有房子的街道，看到路边有石坡供销社，才知道石坡到了。推着单车走到石坡街道尽头，又掉转头推到这边尽头，看着街道上零星的摊点，烧饼摊上冒出的热气，谁家房顶袅袅的炊烟，我忽然感觉到我是真的饿了。摸摸口袋，掏出仅有的两元钱，买了两个烧饼，喝了一碗稀饭。我的目光越过街道两边的房顶，在苍茫的山坡和天际间看看。我的心里喊："刘夏，你在哪儿？我来了。我到石坡了！"

没有一个人回答我，连一只鸟儿也没有冲着我叫。

无意间一回头，我看见朱世玲的眼睛红红的，见我看她，她扬起手背，抹了一把脸，说："看我，都被你的故事感动了。"我说："哈，不会吧？你说，我那时候咋就那么傻？来回一百四十里，累个半死，就为了心中的一个女孩子！"

朱世玲说："是啊，我们那时候都傻。"朱世玲又说："如果我告诉你，那个刘夏其实是她转学时用的名字，她的真实姓名是朱世玲时，你该不会吃惊吧？"

许愿灯

二十年后，新民才知道那叫许愿灯。

淑慧的父亲是村上代销店的，淑慧就有能力弄来煤油。新民的父亲扎灯笼，五颜六色的纸和划开的竹子、芦苇在他手里就成了活灵活现的小公鸡、小兔子、小汽车——风灯底下用竹篾做成的圆圈自然就是新民的功劳了。新民还会偷偷拿来编铁丝灯笼用的细铁丝，在竹圈里弯一个十字。最最要紧的是扎在十字上的燃料，那是用破棉絮浇上煤油做成的。可在那个用煤油灯照明的年代，煤油也是限量供应的。谁家也没有煤油让孩子们这么浪费着放风灯。

可是，每年正月十五，新民的风灯还是高高地飘在吴洼村的上空。给新民提供煤油的是淑慧。五张棉纸也是淑慧从家里拿来的。

新社常常抱怨淑慧为什么就不给他弄点煤油呢？——新社是淑慧父母订的未婚夫——他也想在正月十五放风灯啊！淑慧说，你想放就放吧，我又没拦着你。淑慧就是喜欢和新民在一起。新民的手巧，五张棉纸在他手里糊成一个方方正正的风灯，就连下面的竹圈也是圆得可爱，相交的十字细铁丝如果用量角器卡一下，绝对是90度。淑慧跟在新民身后看着他做风灯，看着他放风灯、看着风灯徐徐升起，淑慧就会在心里说，我喜欢新民！我真的喜欢新民！

麻岭冬天翻过的土地，经过冬天雪的滋润、风的风化，绵软软的，一脚踏上去，像踩在新摘的棉花垛上。新民的心里暖暖的、痒痒的。淑慧，淑慧，新民的嘴里出现最频繁的词语就是淑慧。淑慧，把纸给我，淑慧，把糨糊给我，淑慧，把棉絮给我，淑慧，把煤油给我。站在旁边的喜民和喜劳也吃醋了。新民，我们两个是空气啊？新民一笑，我叫惯了啊。淑慧也笑，新民当了医生，我就给他当护士。

那时候，新民上高中，一心说将来考大学，当医生。

淑慧用手按住风灯的顶部，新民点燃了浸过煤油的棉絮，和喜民、喜劳用手抓住竹圈，喊，一、二、三、放。风灯起飞了，越过麻岭、越过鄢陵，飘在吴洼村的夜空。新民在风灯下撵着、喊着，淑慧跟在新民后边跑着、笑着。

时光一晃就过去了二十年。当淑慧在小城医院里再次见到新民时，二人都尴尬地愣住了。淑慧的男人——新社——已经是肝癌晚期。新民看见淑慧头顶有一缕缕的白发，当年荡漾在嘴角的笑容已然成了记忆里的底片。浮肿的脸面上是谦卑的表情。“医生，无论如何请您治好我男人的病。我儿子才上高中啊!”新民点点头，又摇摇头，旋即又点点头。新民说：“淑慧，我会尽力的。你放心。”

淑慧看了新民一眼，很认真地看了一眼。她发现新民的鬓角也有了几丝白发，棱角分明的脸上有了几分刚毅、也有几分疲惫。这就是自己当初喜欢的男人啊。

可是……可是……

时候虽然还在“九”里，可已经是“阳坡看柳”的八九。在小城南边馒头山下，新民和淑慧走在夕阳里。淑慧的男人在那个冬天终于抵抗不了癌魔的煎熬，丢下淑慧去了另一个世界。现在，淑慧在城里给上高三的儿子做饭，是新民托人给她找了份园林保洁的工作。

夜色暗下来，天空中忽然飘来一盏盏风灯。红色的风灯在暗夜里格外醒目。

看，风灯!

淑慧忘情地喊。她忽然忘记了自己的年龄、自己的身世。

新民抬起头，风灯！已经好多年没见到风灯了!

旁边走过一对小青年，男孩穿着领后披帽子的休闲衫，女孩子穿得很单薄，一截莲藕样的脖子在夜色里闪着亮光。女孩说：“嗨，你刚才许愿了吗?”

男孩说：“许了啊！一定娶你做老婆!”

女孩就捶打男孩的背。“想得美!”

男孩说：“你呢？你刚才许愿了么?”

女孩说：“许了啊！我要娶你做老公!”

淑慧从脚下绿化带里捡起一个撕破的塑料袋，上面赫然印着“许愿灯”。新民和淑慧看着上面印制的许愿灯使用说明：1. 将配置燃料去包装后孔装在十字铁丝里侧，再把扣向外压平使燃料锁牢。2. 一人提起许愿灯顶部，另一人将燃料四角点燃。3. 待灯内热气充足时，提灯人放开顶部手，转向握住灯下圈，有上升力时就可松手放飞。4. 许愿灯冉冉升空，别忘了许愿哦。

淑慧和新民就痴痴地站在那儿，时光好像也静止不动了。

阿 莲

阿莲爱上大斌的时候，她不知道有一个人已深深地爱上了她。

莲河从很远很远的大山里流到这儿，河面宽阔了，水流也缓缓的，亮亮的，能看见水底细细的青沙和白色的、绿色的、褐色的小石头，光滑圆润，如婴儿拳头般大小。秋天里，莲河清冽的流水像绸缎一样舒展着，是少女柔柔的腰肢。

“阿莲，阿莲！”大斌叫阿莲的时候，心里就想着厂子前面的那条女儿气十足的河；在莲河边散步的时候，眼前就仿佛走来了阿莲姑娘。他简直已分不清是河像女孩，还是女孩像河了。同样的美丽、清纯、无瑕，惹人喜爱！

当然了，大斌是配得上阿莲的。家在县城，又是大学生。去年毕业后，一时没有合适的单位，就自己找了这个远离城市喧嚣的深山食用菌厂，当上了一名技术员。他在寻找一种世外桃源的生活啊！阿莲姑娘当然是厂子里头拔梢的女孩了。是阿莲先爱上大斌呢，还是大斌先追求阿莲？这一切都没有了意义。事实是，在秋日的黄昏里，人们总会看到莲河畔水草坪边大斌和阿莲相依相偎的身影。夕阳西下，金子般的阳光就投在他们身上，河对岸山的暗和他们身上的亮，层次分明，远看着是一幅多么美好的剪影啊！

那件事出得太突然，是厂子里的人包括阿莲和大斌都没有想到的。厂子里的管料员叫世昌，家境是莲河畔最最不好的。母亲在他十三岁那年就带着四岁的妹妹改嫁到河南，时间不长，父亲久病的身体经不了婚变的打击，也离开幼小的他到另一个世界去了。世昌就成了孤儿。这孩子心眼好，办事实在，就是话少了点。村里人都怜念他，村长就把他放到村办的食用菌厂管管材料。

得到世昌被公安局警车拉走的消息时，阿莲刚刚洗过脸，正往脸上涂脂抹粉呢，漫不经心地问一句：“为啥嘛？”母亲说：“听说是偷了一辆摩托车，又不会骑，黑地里推了三十多里，在镇上配锁子哩，就让派出所给抓走了！”

阿莲心里一颤，想到了那封信。那是一个月前，不知天高地厚的世昌写给她的。

阿莲：

我喜欢你！你是咱莲河最漂亮的姑娘，是莲河上游着的那只美丽的白天鹅，是咱厂子的厂花，是我心里的仙女！真的，我爱你！

爱你的世昌

×月×日

阿莲接到世昌匆匆塞给她的信时，是怀着好奇心打开的。她没有想到，世昌会暗暗地爱上了她。这是不可能的。阿莲想，我是莲河村长的女儿，我家房子是莲河盖得最高大、最漂亮的。我和大斌才是般配的。这样想着，阿莲在心里一笑，一个坏坏的点子就出来了。

她给世昌也写了一个条子。

世昌：

想爱我吗？那就骑辆摩托车来接我！要那辆红色的。

阿莲心里说，大斌的那辆红色豪爵摩托车多威风啊。你世昌连一辆飞鸽自行车都没有，还想和我谈恋爱呢?!

是不是那张纸条惹的祸呢？阿莲有点想哭。

听母亲说，世昌那晚从厂里回家时，看到莲河边人家的院坝停着一辆崭新的红色摩托车，车头没锁，不知咋的，糊里糊涂就推上走了。

两个月后，从县上传来的消息说，世昌犯盗窃罪，被判刑一年零六个月。

三个月后，大斌离开了食用菌厂，去县城上班了，阿莲姑娘的爱情也走到了尽头。阿莲的眼睛红红的，肿得像两颗熟透的葡萄。

过年的时候，阿莲提了母亲收拾好的衣物和年货，搭车去了县城。她要去看看世昌，看看那个没爹没娘，只有小学文化的孤儿。

世昌见到阿莲的时候，很高兴。他对阿莲说，阿莲，我给你唱一首歌吧，我在狱中学的。

阿莲 \ 你是否能够想起 \ 记忆中的夜晚 \ 我们相约又相伴 \ 阿莲你能不能够接受 \ 那个从前的我 \ 再让我回到你的身边。

阿莲没有想到，这个平常傻傻的世昌唱起歌来也这样动听。她的眼泪不由自己地流下来。阿莲没有说话，只是对着世昌重重地点了点头。

风中有朵雨做的云

那一年，我十六岁，在公社中学上学。我们班的白云长得特别漂亮，瓜子脸，柳叶眉，尺把长的辫子在肩膀两边甩来甩去，一跑、一跳，小脸就红扑扑的，微凸的胸部就忽闪忽闪地动。白云笑起来总是露出两排洁白得像没熟透的向日葵籽一样的门牙，嘴角有两个深深的酒窝。

我喜欢上了白云，上学时从她家门前过，就盼她正好能走出来和我一起走，有那么几次就真的走到一起了。白云走在我前面，我看她走起路来，小腰一闪一闪，屁股一扭一扭，辫子一甩一甩，心里就痒痒的 。就想，将来说媳妇就要说白云这样的。不，就要说白云！心里这样想，嘴里当然不敢这样说。时间长了，和白云一个村的同学都知道我和白云好了。男同学就起哄，女同学倒好，有一个和白云好的还经常给白云和我传话传纸条呢。

那时候，我舅在公社综合厂当厂长，白云的爹在综合厂缝纫社当师傅，我就常常给舅舅那儿钻，也就常常去缝纫社白云她爹那儿蹭，看白云给她爹端水，看白云给她爹帮忙裁衣服，看白云在缝纫机上蹬着空机子玩，白云她爹就问："这娃吃饭了没?"要不：就问："你今年十几了?"我就赶快说："过了年就整十六了！"白云她爹就说："长成大小伙子了！"

白云就笑说::"他是我们班的班长呢。"

白云她爹说："怪不得，我就看这娃灵性嘛！"

我就很得意，暗想::"我将来想娶你白云呢。你愿意吗？"

我敢说，我们班的同学都知道我和白云好，也都知道我和白云般配。我一米六的个子，人又长得白净，更重要的是我的学习在全校全年级始终是第一。白云又是我们学校公认的美人胚子，唱歌、跳舞样样行。

初中毕业了。我考上了县城一中，白云却没有考上。但我和白云的联系并没有中断。第二年，白云进了公社中学的补习班。我上高二的时候，白云极不甘心地回家种地去了。我因为和白云的恋情不断，学习成绩急剧下滑，那年高考也名落孙山。

回到家，自己知道虽然多上了两年高中，但和白云一样回了家种地就没有什么优越感了。家里知道我和白云的事，就托村里我称呼“芬妈妈”的大婶去白云家提亲，芬妈妈的娘家在白云的村里。论辈分，白云还是芬妈妈的侄女呢。

满以为这是不成问题的一桩婚事。但芬妈妈回来了，却是一脸的失意。我妈就问：“咋样？”芬妈妈不说。我妈再问：“人家嫌咱娃咋了？”芬妈妈还是不说。我妈就急了，说：“行就行，不行就不行！也让人知道疙瘩到底在哪啊？”芬妈妈说：“人家娃倒没说啥，就是大人说，咱村的村风不好，男人都是要钱的轱辘子。”

我妈就不言语了。我心里恨恨的，别人不了解我，她白云总了解我啊！我会是“要钱的轱辘子”吗？这时候，芬妈妈说话了：“我也给人家说了，咱们正娃是一个好娃，一不抽烟、二不喝酒、三不打牌，光看书呢！人家倒说了，没有不吃屎的狗。钻在粪堆里还想当个干净人，可能吗？”

第二年，我就知道了白云嫁给了邻村一个修表的“武大郎”。那一次，我就见到白云坐在“武大郎”的自行车后去镇上支摊修表，白云还是那么漂亮。我远远地看着白云站在又黑又矮的男人身边，心里酸酸的。就听见身边有人说，那女的嫁给那男人真是鲜花插在牛粪上了。我发誓要挣很多的钱，我发誓要让白云后悔她没嫁给我！

那一年大年初三，我没有告诉任何人，只身一人去了广州。我先是给建筑工地当小工，后来去饭店端盘子，然后去一个鞋厂当工人，最后去给一家鞋服超市当导购。在广州的时候，我学会了一首歌，那就是《风中有朵雨做的云》。有事没事，我就哼唱“风中有朵雨做的云……”我知道，我的心里还是放不下白云。

两年后，我回到老家在县城开了一家上档次的鞋服超市。我上的货全部是从广州进回来的，样式新，价钱低，生意火暴。快到春节了，我的员工明显不够，就在县电视台打广告招聘导购小姐。第二天，在报名的人群里，我意外地见到了白云。她还是那么漂亮，不同的是没有了那时的天真和清纯，眼里更多的是自卑和祈求。

“白云!”

“你……是你……”

我说：“你怎么来了？你那口子还修表吗?”

她说：“早不修了，现在谁还戴手表啊？都带的是手机!”

我“哦”了一声。这时候，经理过来叫我：“老板，有人找您!”

我走出会议室，白云却跟上来了，她紧走两步，站在我面前说，“你真的忘了我吗?”说过这句话，她竟然轻轻哼唱起来“风中有朵雨做的云……”

夜的泪在屋檐上不停地淌。在跨进车门的一刹那间，我听见路边的柳枝在伸展着她的懒腰。

白云后来成了我的私人秘书，酒量大得惊人。

“桃”之夭夭

蔓菁是在一本杂志的封底上看到“桃之妖妖”的。“上古文化传承今人，手工雕刻原创设计”是这个手工作坊的经营理念。

“相遇本已不易/看时光流转/却独独与你/相遇/想/是造化的赐予/在心的残缺处/完整/生的美丽/情感是玻璃/只在完整时美丽”蔓菁把这些分行文字在心里默念一遍，就已经决定要邮购这款价值98元名叫“惜”的情侣配挂饰了。

古铜色的桃木手工雕刻，一颗心，又一颗心：“这颗心可以装进那颗心里，组成一支丘比特之箭。”

蔓菁把一颗心交给木瓜的时候，特意把另一颗心装进去，又取出来，眼睛看着木瓜，我要让你永远戴上它。木瓜笑她：“小孩子呀，过家家呀！”蔓菁说：“我是认真的。”木瓜说：“好，戴上了我们就是一家子。”蔓菁帮木瓜戴上古铜色的手工雕刻挂饰，轻轻地咬了木瓜的耳朵，蚊子样说：“我要你记着我。”

蔓菁不可救药地爱上了木瓜。

蔓菁还做她的画。只是她把自己的画室更名为“桃之妖画室”；蔓菁还上网，她把QQ昵称更换成“桃之妖妖”。

蔓菁是在那次书画作品展上认识木瓜的。小城书画界的名人都来了，来看这个二十挂零的小女子的书画。这些可以做蔓菁爷爷、叔伯的人怀着海纳百川的胸怀接纳了这个小女子的画。整个展室一直很安静，充满了一种高雅的艺术气息。吹皱一池春水的是木瓜，当木瓜和肩扛摄像机的电视台记者进入展室时，整个展室的人都换上一种惊讶和热烈欢迎的表情。

蔓菁也被木瓜的成熟风采所感染。都说男人四十一朵花，这话一点不假。

蔓菁一直平静的脸上露出了少有的微笑。文化馆馆长过来介绍，这是我们小城的名人，也是小城的名片，大作家木瓜。

木瓜的手就伸到蔓菁的面前。蔓菁犹豫了一秒钟吧，她的手就握在了木瓜温暖宽大的手里。在那一瞬间，蔓菁听见自己的心"通通通"地跳个不停。蔓菁是第一次和男人这样近距离地接触，也是第一次和男人有了肌肤之亲。

那天早上，蔓菁恍恍惚惚，她只看见木瓜的身影在展室里如游鱼一样游过来了又游过去，过去了又过来。她看见木瓜用手中的数码相机对着她的画作"啪啪"地拍照，也注意到木瓜看她的神情里多了一点东西。她几乎是木偶样被木瓜拉过去和他拍了合影照。

那个早上是属于蔓菁的！蔓菁在木瓜的博客里看到这个博文时，在心里说，不，那个早上是属于木瓜的，是属于那个成熟的、俊朗的木瓜的。画展结束后，蔓菁整整躺了两天两夜。母亲把手搭在她的额头上问蔓菁："是不是病了？要不要去看医生？"蔓菁摇头。蔓菁自己知道，她是病了，她得了心病。就这样躺在床上想了两天两夜，蔓菁把脑子都想疼了。她试图把那个影子从心里的底片上抹去，可是，那个影子却越抹越清晰。蔓菁知道，二十多年的感情空白已经结束了，她心里装了一个人，一个男人，一个叫木瓜的男人。

这是一场约会/四月的夜/月华如水/我带着我的全部/来赴没有归路的约会

蔓菁在 QQ 空间"写心情"打上这首小诗时，木瓜的视频请求也烁烁地闪，蔓菁接受了。蔓菁惊讶地发现，木瓜的脖子上挂的是一条金灿灿的链子。蔓菁的泪就无声地流下来。这款铂金首饰蔓菁知道是电视台最近热卖的"皇家八件套"，也是情侣配饰。想必那条女士的项链这会儿正戴在木瓜夫人的脖颈上吧。

蔓菁看着木瓜脖颈上金灿灿的链子，在视频里很平静地摘下她修长的脖颈上桃之妖妖的挂饰，然后把她的昵称修改为"逃之夭夭"，毅然决然地把木瓜闪烁的图像拉进黑名单。

旧　友

晚了一步，李眠没有参加“绿色五月，洛城文学艺术界云蒙山采风启动仪式。”

仪式是在云蒙山村委会新落成的文化大院举行的。文化大院其实没有院，只是一堵墙和它前面的一块场地。那面墙很有特色，青砖、白灰勾缝，在这面墙上，有一幅云雾缭绕的云蒙山风景画，葱郁、苍茫、幽远。李眠赶到时，文化墙前面一排桌椅组成的主席台上已经没有了领导和嘉宾，主席台前的空地上刚刚燃过的烟花散落一地红花。那些城里来的男男女女正往大车小车上挤。

汽车终于无法前行了。导游说，我们已经到了云蒙山脚下，下面的路就要我们用脚走出来。就在大家迷惑时，导游已经领着大家踏上绿草和藤条缠绕的小道。云蒙山是一块尚未开发的原始森林，只能容一人前行的羊肠小道如果没有当地农民提前割去茅草和藤条，这条隐在深山里的小道李眠他们根本就找不到。

就在李眠跟着前面人的脚步深一脚、浅一脚前行的时候，他的身后忽然传来“哎哟”一声。李眠回头，走在他身后的是一个女士，一脚踩空，险些栽倒。李眠伸手一拉，那人抬头，说声谢谢。李眠说不用。那人忽然盯着李眠看了一眼，说：“你是李眠吗？”李眠说：“我是。你是？”那人说：“我刚才还问惠子，李眠来了没有呢？好多年没有见到你了，我要叫你老师了。”李眠说：“甭听惠子瞎说。”那人说：“我是李贽啊！你不记得了？”李贽？李眠皱了皱眉。李贽问：“你现在学会抽烟没有？”李眠说：“没有。”他的脑子忽然灵光一现。“李贽？原来是你啊！二十多年未见了，你现在还好吗？在哪儿上班？”

二十多年前，李眠还是洛城乡下一个中学的学生。那次县上组织文学笔会，他是那次与会最年轻的作者。那天晚上，在下榻的县服务楼上，李眠走进了四朵金花的房子。这个房子住了这次笔会的四个女性，写诗的惠子，写故事的李赟、写喜剧的马媛，还有一个是文化馆的工作人员。李眠走进去的时候，有一个高个子的女子正在抽烟。李眠正要退出，那女子扔一支烟给李眠，喊“哥们儿，接住。”李眠冷不丁接住扔过来的烟，不知所措。抽烟的女子看到李眠的窘态，说：“怎么？没拿火哇？”李眠说：“不，我不会抽烟。”一屋子的女子就都笑了。“不会抽烟？”还是那个抽烟的女子说，“哦，我忘了，你还是个学生娃。姐告诉你，要写东西，就要学会抽烟哩。”李眠说：“我抽烟烟往眼睛里钻哩。”那女子就越发笑得厉害了。笑过，说：“来，姐教你抽烟。”女子打开火机，点燃李眠嘴里的烟。女子说，“这样：对，头抬起，食指、中指，对，这样，夹紧，吸，吸进去，吐出来，对，这样……好了吧，没有进眼睛吧？”李眠虽然被烟呛得直咳嗽，但终于学会了抽烟。那个教李眠抽烟的女子就是李赟。

李眠看到李赟风韵犹存的脸庞，比做女孩时更有一种成熟的美。李眠问：“现在还抽烟吗？”李赟说：“早不抽了。”李眠说：“还写故事吗？”李赟说：“还写，写给自己看。”李眠和李赟边谈边走，前面忽然开阔起来，足球场大一块平地，淹过膝盖的茅草铺满了开阔地，开出红的、黄的、紫的各色小花。导游说，这就是沉香的练功场了。一旁，电视台的记者正忙着录制当地民间艺人唱的山歌。李眠说：“走，过去看看。”李眠拉了李赟的手，李赟抽了一下，没抽动。李赟随手把她的挎包递给李眠，麻烦你。李眠接过李赟的挎包，李赟顺势抽出手。李赟喊：“李老师，我们听民歌去。”李眠紧跟着李赟走到唱歌的老汉旁边。老汉刚刚唱结束。那边导游已经在喊，上山了，上山了，谁落后迷路了就和老虎做伴了。大家就嘻嘻哈哈走了。老虎没有，但野猪是肯定有的。上来的路上，导游就给大家指过野猪活动迹象。

接下来的时间，李赟一口一个李老师地叫。李眠多次挡她也不起作用。李赟说，我去过你博客了，有那么多人称呼你老师。真的，回去后，我还要向你讨教呢。李眠自己似乎也把自己当老师了，一口一个李赟地叫。好几次，当李眠高声喊李赟的时候，周围的人都投过来惊讶的目光，像看外星人一样看着李眠。李眠浑然不觉，他沉浸在找到旧友的喜悦里，沉浸在无拘无束的友情里。

游了舍身崖，看了仙桃园，拜过圣母殿，参拜祖师堂。李眠和李赀形影不离，无话不谈。在祖师堂和圣母殿之间开阔的草坪上，参加这次采风的人员开始合影。高低不平的草地上，这些男男女女有坐的、有蹲的，还有跷起一条腿踏在突出的石头上的。李眠本来和李赀站在一起，他比李赀高半个头，李眠甚至闻到李赀脖颈散发出来的汗香。就在摄影师快要按快门时，惠子忽然跑来，拉了李赀，李局长，你怎么能站在这儿呢？快往前边走！

李眠还没有反应过来，李赀已经被惠子拉走了。李眠看见在前排站着这次活动的组织者，文化馆领导和云蒙山村委会的领导。李赀被拉去站在中间位置。李眠问身边一个男人，李赀？那人说：“什么李赀？那是文化局的副局长！”

李眠一下子蒙了。

第三辑

都市

激情燃烧的贾老师 / “同意”获奖

世外桃园 / 摄像头 / 喜羊羊与灰太狼

官司 / 卖菜 / 绝招 / 窗外白云

狗事 / 丁大夫 / 你不是张建

激情燃烧的贾老师

那时候，我的身体不很好，到西安几个大医院看了，病情未见好转。贾老师就送给我一本书，书名是《呵护您的健康》。贾老师很热情地说："您好好看一看，肯定对您的病有好处！"

我就认真地看了，那是一本保健品知识书。书后附有众多用过这本书里推荐的产品后出现奇迹的受益者的感谢信，我的心就蠢蠢欲动。

这时候贾老师就出现了，告诉我，用这种产品的最大好处是得到健康的同时还能得到财富，我就更加惊奇了。贾老师说，您消费够一千六百八十元的产品后，就成为公司的业务员了。您在以后消费产品时公司按20%返还给您现金，可以说是越用越便宜。

贾老师还说，当然了，您如果把您用产品后的心得分享给您周围的亲戚和朋友，他们也像您一样用公司的产品，公司还给您一定的提成和奖金。

我的心就热了，就停了医院的药，跟贾老师去买了一千六百八十元的产品。贾老师让我签了一个单，上边有我的名字，还有他的名字，还让我复印了身份证，去工商行开了一个折子，说是将来公司给发工资用的。

我高兴了，贾老师说，他更高兴，圈子里人都称他是"激情燃烧的岁月"。我俩就大笑。

我在消费产品的同时，跟上贾老师去参加各种聚会，听朱老师、苟老师、牛老师、熊老师……贾老师等南腔北调的普通话演讲。听他们说二十一世纪是交互式合作的时代，是传统生意走向末路的日子；听他们说直销不是传销，听他们说国家马上就要颁布《直销法》……

我前后用了五千多元的产品，病情仍未见好转。我的亲戚和朋友也被我花言巧语拉了进来，他们有的是看病来的，有的是冲发财来的。可到后来，看病的和我一样身体没有康复，到医院看病的钱却没有了；想发财的人不但没有发财，还赔进去了更多。这些人就离我远了，老远看见我过来，就躲着我走。更让我可气的是我教中学的外甥女过春节时让孩子把礼物给我一丢，连人毛都见不到，给孩子压岁钱，孩子嚷：“妈妈不让我拿您的钱!”

我一下子成了孤家寡人，众叛亲离了!

大约半年吧，贾老师又出现了。他对我说：“老哥，又是一个发财的好机会！真的！这次您要是挣不了钱，我把脑袋割下来当尿壶用!”

他说：“老哥，这一次只投资一千三百七十元，您只要找到两个人——谁一生没有两个朋友呢——两个人再找到两个人，您就可以领到一千元了。真的！当您下边的人领一千元的时候，您就领到两千元了。当您手下有五十一人时，您就可以领到八千元……老了每年还领几万元的退休金哩……”

我说：“贾老师，省省吧，又搞传销了！这可是违法的呀!”

贾老师一再说：“这不是传销！真的，这不是传销!”

正在这时，女儿的老师来家访了，贾老师匆匆告辞。

我忙给女儿的老师倒了一杯茶，说：“甄老师，您坐！欢迎到我家做客!”

“同意”获奖

“同意”获奖了，连县长都不相信，但这是板上钉钉的事实。

第七次“禹王阁杯”全国文学艺术作品大奖赛组委会给洛州县委、县政府发来贺电，鹿池同志的书法作品“同意”在本次大赛中获特等奖。奖金5000元，外加一部名牌手提电脑，颁发烫金荣誉证书和水晶奖杯。

洛州县委、县政府、博物馆、文化馆、文联、社会各界代表为“同意”获奖在县城最豪华的大酒店举行了“新闻发布会”和“研讨会”。

在“研讨会”上，宣传部部长首先发表讲话：

此次“禹王阁杯”全国文化艺术作品大赛等级高，国家级的；范围广，全国的；奖额大，5000元外加一部手提电脑，价值近两万元，这是历届同类大赛中所没有的。

我县鹿池同志的“同意”在全国成千上万的参赛作品中，鹤立鸡群，脱颖而出。

鹿池同志的“同意”能获此大奖，原因有三：

一、鹿池同志的曾祖父是前清秀才，写得一手好字，咱们县博物馆所在地的“文庙”的门头就是老先生所书。鹿池同志的父亲鹿鸣大家都知道，是咱们的“县宝”啊。所以，鹿池同志出身书香门第，是书法世家啊。

二、鹿池同志几十年如一日，坚持临帖、苦练，据说他在上初中时就开始练习写“同意”二字了，真是工夫不负有心人啊。

三、就是精神了。同样是一幅字，写的人不同，其产生的结果就不同。“同意”获奖的理由是“一泻千里，充满成功者的自信与大气”。是啊，这就是文字的精神。评委们有眼力，透过书法的表象，看到了它内里蕴藏着的一种精神。

……

宣传部部长的话还未讲完，台下已是一片掌声。

接下来，博物馆馆长讲话，他从收藏价值方面对“同意”做了三个方面透彻的分析和肯定。最后宣布“同意”原件将收进县博物馆。

文化馆馆长表态：文化馆的书法培训将要聘请鹿池同志为名誉顾问。

最后，县文联主席很遗憾地说，以前没有注意鹿池同志的作品，我们将聘请鹿池同志为文联的首席名誉主席。

华阳大酒店的老总当场请求鹿池同志同意用他的“同意”作为大酒店的招牌。

十天后，洛州城最繁华地段的华阳大酒店重新装修营业，但已不再是“华阳大酒店”，而是“同意大酒店”了。政府招待所也变成“同意宾馆”了，就连偏僻的清川路也有“同意餐馆”出现。

在广场音乐喷泉四周，欢乐的人群中，一个小女孩指着广场西南角的“同意大酒店”说：“同意大酒店，别扭啊，语句不通。”

孩子的父亲向周围扫了一眼，对孩子说：“小孩子家别乱说话，那是咱们县长的字，得过奖的。”

孩子委屈地说：“就是别扭嘛！”

世外桃源

终于登上云蒙山顶了。

导游说，云蒙山是我县境内海拔最高的山脉，登高远望，南可俯视洛河，北可遥望华岳。正在这时，从仅存的破庙里走出一个山民，招呼大家进庙喝水。进了院子，先进来的人已经端了大海碗，做影视剧里土匪大碗喝酒状，豪爽。

喝了水，补充了体力和精力，这些城里来的文化人在前后殿之间的废墟上、天井旁、站的、坐的，还有蹲的、互相拥抱的，照了合影。就在大家嚷着要下山时，导游忽然说："差点忘了，世外桃源还没去呢！"看到反应寥寥，导游又问一句，"有去世外桃园的吗？"

就有几个人打开上山时人手一页的导游图，果然在磨斧石、试斧石、练功场、舍身崖等景点后有一个世外桃源。只是经过长途跋涉后，这些男男女女都累了，有人就问，世外桃源还有多远？导游说："不远，也就三四里吧。"问的人就吐了一下舌头，但还是有人跟着导游走了。

跟着导游走的包括李眠。李眠是洛城写小说的，是那种写得不多，发得也不多，在洛城文化圈可有可无的人物。李眠本来也不想去的，四十多岁的人了，体力和精力上大打折扣。无奈和他一起来的女儿拽了他的袖管说："走吧，已经上来了，不看回去后悔。"

从祖师殿往后，根本就没有路，李眠和女儿在导游后边小心翼翼地踏在松针上、砾石上，攀着树，扒着石头，下了一个坡，上了一个坡，转过一个弯，又转过一个弯，绕过一片林子，穿过一片林子……在李眠的意识里，走了五里路都不止。正在李眠埋怨女儿时，导游喊："到了！世外桃源到了。"

展现在人们面前的是几株不仔细看分辨不出来的野桃树。在这些桃树周围，更多的还是松树和灌木。导游说："这就是传说中的世外桃园。遗憾的是现在是夏天，错过了花期。要是春天来了，满园的花香啊！"李眠的头脑里就显出满山遍野粉红色的桃花。可一转眼，就被眼前这几株夹在松树、灌木中的桃树弄坏了好心情。导游还在那儿讲沉香偷了世外桃园的仙桃，献给母亲三圣母，三圣母一下子变得年轻的传说，李眠已经拉了女儿走上返回的路。

李眠和女儿返回祖师殿，祖师殿里面已经没有人。问殿里面的住持，说已经下山了。李眠看看身后，有一个穿蓝格白底短袖的男人跟上来，就打招呼："下山吧?"男人问："他们呢?"李眠说："早下山了。"男人说："下山。"李眠和女儿走在前面，男人走在后边。男人说，"好累。"李眠懒得说话，没接茬。男人又说："什么世外桃源，糊弄人的。"李眠还是没有说话。女儿说："看景不如听景啊！"男人接话："是啊，不看后悔，看了还是后悔。"李眠很赞同这句话，想说一句，传说都是骗人的，骗三岁小孩的。话到嘴边终于没有说出口。女儿说："对于没有看到的人来说，当我们谈到世外桃源的时候，他们才是真正的后悔。"

说着话，李眠他们已经下到山中间沉香练功场了。女儿说："看，这就是我们刚才上来时拍照的地方，那一片花海啊！"在这片山中少有的平坦地儿，长满了齐腰深的花草，那些黄色的、紫色的、白色的小花，指甲盖大小的花儿开得遍野都是。女人们躺在花海里做各种搔首弄姿状，男人们屁颠屁颠地握了相机抓拍女人的美艳。李眠摇摇头，这一切都是过往，都是过眼烟云。

女儿说："我饿了。"李眠说："你这一说，我也饿了。"男人就说："走快点，我们下去吃樱桃。"上山时，刚走进山口，导游就指着坡跟的樱桃树说："看见了吗？这些树上的樱桃，多红啊！大家尽管吃。只是不要兜着走啊！"最后这一句，导游是调侃着说的。有女人就说："哪敢兜着走啊？弄湿了口袋还要洗衣服呢。"有个男人接话："弄湿了上衣不要紧，千万不要弄湿了裤子啊。"有人反应过来，就放肆地大笑。一人笑，大家都笑。笑的是男人，女人不笑，忍着。李眠正在回忆上山的情景，女儿喊："樱桃沟到了。"李眠抬头看去，前面不远，有两个人正在樱桃树下折了枝条在吃樱桃。到了跟前，是洛城写诗画画的两个女子，很年轻，很妖艳的两个女子。李眠他们还没站稳，那边就招呼："嗨，来吃樱桃。"李眠身后的男人大声应到，"来了！你们没去世外桃源啊?"那边应道，"没有啊，太远了，累死了。"李眠忽然有了说话的冲动。李眠说："你们没去可要后悔一辈子了。世外桃源啊！多美的景致。"那两个女子就惊讶："真的吗？"李眠说："可不是真的！谁还哄你们不成？上了云蒙山，不去看世外桃源，就等于没上云蒙山啊！好大一片桃林啊。碧绿葱茏，要是春天，漫山遍野的桃花，粉红色的，像天上的云彩一样，那才叫美呢！"女儿抬起头，很惊讶地看着李眠。就连身后的男人，也露出怀疑的目光。

吃樱桃的女子，停住了手上、嘴上的动作，在李眠生动、夸张的叙述里，脸上露出后悔莫及的神情。

那天晚上，李眠打开博客，上传了几张这次采风的照片，就要点"发表"了，QQ 里有一个企鹅头像忽然跳出来，"嗨！"做了个妩媚的表情。李眠想了想，把这个企鹅拉进了黑名单，不到一秒钟，彻底删除。李眠取消了上传照片的动作。传说都是假的。李眠在心里说。虽然很美。

摄像头

邮电小区被盗，接手这个案子的是派出所的副所长苏眠。

苏眠的老丈人是老邮局了，十年前退休，苏眠和林丽结婚时，苏眠才分到派出所，工资不高，家还在农村，根本没有能力在城里买房。苏眠唯一的优点是有个一米八六的大个头。林丽喜欢，林丽的母亲也喜欢。结婚时，林丽母亲说，就接到我们家吧。反正我们家林华还小。林华是林丽的弟弟，当时才上小学六年级。苏眠的家就落户在邮电小区了。

小区被盗案发时，林华已经大学毕业。老爷子倾其所有，外加内亲外戚的帮助、苏眠出的两万块钱，给儿子在小城新区买了三室两厅。儿子也孝顺，接了老爷子同住。老爷子对林丽说，现在房价涨了，邮电小区这套房最少值七八万，苏眠出两万，这套房子就给苏眠了。邮电小区是上世纪九十年代单位盖的家属楼，又黑又矮。外墙是灰色米石贴就，不像现在的瓷砖明光闪亮。有几处外墙墙皮都剥落了，远看着就像一个老人穿了一件破衣服。最要命的是住房面积小，加上公摊面积还不到六十个平方。有能耐的人都把房改后的家属楼卖了，然后添钱去买商品楼。苏眠不敢想，苏眠和林丽生活了十几年，工资涨了，开销也大了。一个女儿上学，乡下两个老人有个头疼脑热，大病小灾的都是花钱的路。林丽常常当着苏眠的面说，后悔死了！当初光是看了你的高个子，哪知道高个子不能当钱使啊！

不管咋说，苏眠能在小城有一套住房，都是沾了老婆的光。当派出所副所长的苏眠在外总觉得高人一等，说话盛气凌人，回到家里，面对在邮局捡信封的老婆却是低眉顺眼，上得厅堂也下得厨房。

被盗的是西单元二楼住户。这套房是买的二手房，房主在市场做生意。从银行取了钱准备去西安进货，老家忽然来电话有事，回家一趟，想着晚上就能回来，谁知事情耽搁，回来已是晚上十二点多了，床铺底下的六千元现金全部被偷。从作案现场看，门窗完好无损，窃贼应该是从大门进来，然后用万能钥匙轻而易举入室行窃。

这个小区有门房没门卫，原因是六七成住户已经不是邮局家属。邮局也就不再管理这个小区。以前就常常出现盗窃案件，东家丢了手机，西家丢了电视；一楼车子丢了，五楼存折丢了，搞的是人心惶惶。曾有人说，每家出点钱，雇个门卫。说归说，就是没有人出头组织实施。

正在苏眠破案无果、焦头烂额时，住在他楼上的光头来找他。光头是河南人，在小城南边的山里开矿。因为不想在小城住一辈子，就舍不得花大价钱买大房子，临时买一套二手房凑合。苏眠最看不起这些暴发户的嘴脸，开个皮卡，整天嘴上叼支雪茄，腰里别个能装下砖头的皮包，走路眼睛总瞅着天上。苏眠不止一次在心里说，等你落到我手里再说！光头递一支雪茄给苏眠，苏眠说："我不抽。"光头讪讪地抽回手，对苏眠说："听说我们楼上被盗了，有线索了吗？"

苏眠说："没线索。"又说："你有线索？"眼里是不屑的神情。

光头说："不瞒你说，我在小区大门暗暗装了个摄像头。"

"摄像头？"苏眠吃了一惊，"我怎么没发现？"

光头一笑："你看见了就不是'暗暗'安装的了。"

苏眠说："你知道在公共场所私安监控器犯法吗？"

光头说："不知道。我只知道我们这个小区不安全，也没人管。以前总有人家被盗，小偷小摸住户不报案，损失大一点的报了案也没有结果。你知道，我开矿，家里总会放点东西。那次回老家，在电子器材市场见到这一套监控设备就买回来了。"

苏眠也顾不上追究光头的责任。再说，这样的责任也是民不告官不究的事。苏眠对光头说："你在监控器里看到可疑情况了？"光头说："我这几天在山上，刚回来就听说了小区被盗的事。知道你负责就来找你了，还没顾上打开。"

苏眠就带了一个民警来到光头的家。

苏眠调出出事那晚的监控，果然发现在11点左右，从大门里走进一个穿黑色夹克的男子，鬼鬼祟祟的。苏眠一眼就认出这个人是辖区有名的飞贼，人称无敌手的二毛。就在苏眠紧锁的眉头刚刚舒展开来时，心头却忽然一紧。苏眠在监控里看见林丽和一个矮个子男人一同走进了大门。那个男子苏眠认识，是林丽高中同学，现在是小城数一数二的房地产开发商。

苏眠的头“嗡”的一声大了。

邮电小区被盗案破获后，苏眠和林丽的婚姻也走到了尽头。两个人客客气气地办理了离婚手续。接下来，林丽委托给她办理离婚手续的律师重新帮她打一场官司。光头被林丽告上了法庭。

令人庆幸的是，邮电小区从此再也没有发生过盗窃案件。

喜羊羊与灰太狼

苏眠接手这个案子时正和妻子林丽闹离婚。苏眠的心情很不好，工作状态也不尽如人意。

苏眠的老家处在城乡结合部的苏村。那地方原来有个私企煤矿，村里年轻人多在煤矿打工。后来，煤矿因为出煤量少，又加上出了几起人命事故，老板跑了，煤矿荒废了，千疮百孔的土地种不了庄稼，村子里的年轻人只好出远门，去广州、深圳打工。留守苏村的就是些老弱病残和少年儿童。

案件是这样的，开超市的胡海放在门市部抽屉的8000元现金昨晚被盗。胡海的小超市不像洛城的超市那样，玻璃门，电子防盗设施，就是路边普普通通的三间砖瓦房，经营点烟酒副食、日用百货。烟没有贵重烟，酒也没有名牌酒。按说，胡海的经营款项从来不在门市部放的，这次失窃的现金是从银行取出，准备第二天进货的，放在另外一个抽屉，晚上关门时忘记了。

犯罪分子的手段很拙劣。木门靠近地脚的地方挖了一个不规则的洞，洞的周围显出黑色，是那种铁器烧红烫出的黑。这个小孔足可以钻进一个人。苏眠试着钻了一下，没有成功，站起身，自嘲地笑笑，太胖了。边上看热闹的人说，瘦子就可以了。可以判断，犯罪嫌疑人一定是从这个挖开的洞里进去的，里边的门杠完好无损。苏眠把怀疑对象锁在二秃子身上。二秃子是苏眠的同龄人，从小就不是个正经人，是那种大法不犯，小法不断，平时没法管，严打抓进来的惯偷。怀疑二秃子，有一个重要原因，就是他的身材瘦小，所谓五短身材说的就是二秃子。

苏眠把他的怀疑说给村长听，村长点头。当苏眠和村长来到村西头的二秃子家时，低矮的三间土房子，铁将军把门，看着门面上蜘蛛结的网，村长一拍脑门，你看我这脑子，二秃子年前就和我们家的军军出门了，说是到镇江打工，一直没有回来。听我军军在电话里说，二秃子现在可好了，做了车间的带班哩。

案件一时陷入僵局，苏眠一筹莫展。回到家，女儿正在看电视，是那部“喜羊羊与灰太狼”的动画片。妻子林丽陪在女儿身边边看边给女儿织毛衣。老实说，苏眠不喜欢这部片子，充满了欺诈和钩心斗角。可女儿喜欢，妻子林丽也喜欢。看到苏眠愁眉不展的样子，林丽问：“怎么了，又让案件难住了？”苏眠本来不想理她的，也许是真的难住了，随口说道：“老家出了件偷盗案，三天了，毫无头绪……”林丽听了苏眠的话，只说了一句话：“那么多钱，总要花啊。”苏眠脑子忽然灵光一现。

第二天，苏眠动用了能动用的警力，在苏村及周边地区摸排走访，碰头会上，终于有了收获。洛城一家手机店营业员反映，三天前，有两个孩子在他们那儿买了两部时尚手机，总共花了三千多元。当时她们还咋舌，这么小的孩子，哪来这么多钱买手机？第二天，苏眠打电话叫来了村长，村长又打电话叫来了中心校的校长。在营业员的描述里，村长说，可能是我们村的苏佩和刘言。校长就打电话给学校，让查一下这两个学生的动向。不多时，六年级的王老师骑着摩托风风火火地来了。王老师说，苏佩和刘言三天前就没来学校了。这两个孩子的父母都在外地打工，孩子是校外住宿生。打孩子原来提供的家长电话，一直联系不上。

看来这起案件的犯罪分子肯定是这两个孩子了。苏眠就纳闷，当时在现场，咋就没想到是孩子作案呢。搜查了全洛城的网吧也没有找到苏佩和刘言。正在苏眠焦头烂额时，有个私人宾馆的老板来到派出所，几天前，他们宾馆住进两个男孩子，到现在也没有出门，敲门不开，喊话不应。服务员找了个借口开门进去，见到两个孩子在看黄色录像，所以来反映了。

苏眠和办案民警来到宾馆时，苏佩和刘言还在看电视，不过他们看的不是黄色录像，是“喜羊羊与灰太狼。”苏佩和刘言的房间里，床上、地下是一片狼藉的小食品和碟片，堆在他们面前的是一台笔记本电脑。

案件终于破了，苏眠却高兴不起来。据苏佩和刘言交代，他们那天晚上上网回到住处，肚子又饿得咕咕叫。到超市本来是要弄点吃的，不想在抽屉发现了那么多钱，就……苏眠问他们，为什么买手机，苏佩说，给爸爸妈妈打电话啊。刘言说，想爸爸妈妈了，方便联系。几年了，都没有听到爸爸妈妈的声音了。至于笔记本电脑，两个孩子都说，手里一下子有了这么多钱，不知咋花，想起在网吧上网的事，就买了电脑。再说，城里孩子有彩电和电脑看喜羊羊与灰太狼，他们只有听人家议论的份。有了电脑，买了碟片，想看什么就看什么。问，黄色碟片怎么回事，说是买碟片时，老板推荐的。这种碟片老贵呢。老板看到他们手里有钱，就推荐他们买。苏佩和刘言都说，难看的很，还是喜羊羊与灰太狼好看。

案件的处理结果是，由于两个孩子不够法定年龄，警方已督促其父母赔付了被盗现金，并责令其父母对他们严加管教。

这件案件结束后，苏眠再也没有提起和妻子林丽离婚的事。他开始坐在沙发上陪女儿看喜羊羊与灰太狼，妻子林丽手里也没闲着，开始织第二件毛衣，是苏眠的。

官司

三叔来到我这儿时，是一个秋天的中午。当时我正在接梅英的电话。在三叔声俱泪下的叙述里，我挂断了电话。

三叔还是穿着他那件黑呢子大衣，袖口已经磨破了，前襟和领口也没有了细绒和光泽，下摆还沾了从山坡上带来的老婆针，零星的褐色泥点。我知道，那些泥点一定是过洛河时溅上去的。这是三叔上城的标志性着装。三叔的第一句话是："鸿，你要给叔做主哩！人家已经爬到你叔头上了。你爸不在了，叔就你一个亲人了，遇事就要寻你哩。你一定要给叔出气啊！"

我给三叔发了烟，倒了水，好不容易稳定了他的情绪，说："三叔，啥事？慢慢说。我民哥不是在家吗？"三叔啐了一口："你民哥还是人啊？整个一个木头，光知道和人家动手。动脑子的事还要找你呢！你知道满堂吧，就是和你叔我房连基、地挨畔的满堂。"我插嘴说："我知道，我满叔嘛。""狗屁满叔！我才是你亲叔。狗日的满堂，我的新房庄基和他一棵柿树挨着，要剁他一条树股好说瞎说都不让剁。你知道，那根树股不剁，我的房就盖不成。墙砌到那个树股时，我越看越生气，就叫民把那个树股剁了。狗日的满堂和我打起来了，你民哥那笨猪一镢头就把满堂送到医院了。"

"啊？人要紧不？"

三叔喝了一口水，说："那都是去年的事了。"

我说："过去了也就过去了，花点钱买个教训，让我民哥以后做事小心点。"

三叔说："哪过去了啊？狗日的满堂把我告了，告到永丰法庭上了。"我说："是啊，人家的住院费你要出。"三叔说："这我知道，可他要的护理费、误工费我不出。他婆娘伺候他男人咋还要我出钱？误工费一天六十块，那不是讹人哩嘛！就他那㞞样一天还六十哩，六块都没得。整天就在房前屋后闲转呢。”三叔又说：“你知道满堂有个外甥女吧，听说在城里帮人打官司哩，告你三叔的状子就是她写的。狗日的满堂，就显摆他城里有人，我城里也有人哩，我侄子还是城里跺跺脚楼房都晃三晃的人物哩！鸿，你可要给三叔做主哇！多余的钱叔一分都不给他狗日的。”

我说：“叔，你放心。我一定帮你问问。”

三叔走后那晚，我和梅英、郑武他们在知心聚喝茶。喝着喝着，就说到了我三叔的事。梅英说：“这个事我知道，你知道我姨父是谁吗？就是满堂。去年春天，我姨父找到我，让我给他写状子。我姨父说了事情大概，我劝姨父，乡里相亲的，赔了医疗费就算了。再说，你要是把你那个树股剁了不就没事了吗？农村人盖个房不容易。我姨父说，是他不仁在先，我不义在后。原来我姨父盖房时，房子后边紧挨着你三叔的自留坡，东边就一米，你三叔就是不给，房子只好盖个一头沉。我姨父新房盖起了，心里却一直有个疙瘩。”

哦。

这时候，郑武插话了：“还真巧了。这个案子是我接手的。”

我和梅英不约而同地问：“你什么时候调到永丰了？”郑武说：“去年春天刚调到永丰就接手这个案子。当时还惊讶于这么个小案子，状子咋就写得这么漂亮，原来是我们的梅大律师写的。”梅英说：“去你的。快说说这个案子。”郑武说：“刚接手，我想着这是一个再简单不过的案子，农村嘛，三代以内都是扯不断的亲戚，把双方叫来，调解一下就结了。谁知道这个官司打了近两年还是没有结果。”我问：“咋了？”郑武说，“简单地说就是500块钱的事。”一个非要500块——大宗赔偿都谈妥了——一个死活都不出。官司从去年打到现在，刚开始两人骑自行车来，现在是坐通村公交来。光去年到今年二人打官司花的闲钱都不止500块哩。”

第二天，我专程回了一趟老家。我的明光铮亮的车子一进村，我三叔的脸上就绽放出一朵花，走路也有了精神。饭后，我进了满堂的新屋。满堂一句话没说，瞪着敌意的眼睛。我说：“满堂叔，都不让我坐了？”满堂丢下一个字，“坐！”我说：“吃饭没？”满堂说：“有话就说，有屁就放。我知道你是给你三叔做主来了。我不怕。一个子都不能少。这不是钱的事，人争一口气，树活一张皮哩。”

我说：“叔，咱先不说那事。先给我倒一碗水。”满堂喊灶屋的婆娘倒了一碗水端来放到堂屋的方桌上。我喝了一口，甜甜的——放了糖。我喊：“婶，你把我没当外人嘛。”我给满堂递上一支烟，一屁股坐在方桌边的长条凳子上。满堂顿了顿，也在那头坐下来。我说：“满堂叔，冤家宜解不宜结，再说，又是扯不断的关系。是这，我私下里给你300块，我再给我三叔说，让他明里给你200块。这事就结了。咋样?”满堂脸上颜色一变，说：“念你娃一片好心，行。这事就这样了。”

我回到城里的第二天晚上，三叔给我打电话，三叔一开口就骂我：“鸿，你个狗日的，你以为三叔没有那500块钱啊？头都磕了还在乎作个揖？叔是咽不下这口气啊!”

我后来才知道，官司了结后，我三叔和满堂走在回家的路上，我三叔呸了一声，说：“你能，就甭让步嘛?”满堂一听：“让你是孙子！我一分钱没少拿。”三叔回到村里，才从别人嘴里知道他少出的300块钱是我出了。

卖 菜

一场春雨，菜地里的西红柿、黄瓜长得像娃娃的脸，也像娃娃的胳膊。那些西红柿粉嘟嘟的，皮薄得能弹出水来。王老汉对正在灶前烧火的老伴说，吃过饭我去街上卖菜啊。

老伴头也没抬说："就你，还能卖菜？"

"自家吃不了，就能卖。咋卖不了？"王老汉说着就拿了两个箩筐去院坝前面的地里摘柿子、黄瓜去了。看看架子车还没有装满，老汉又用镰刀剁了五个莲花白放上去。

老伴看着老汉忙，揶揄道："真要当菜贩子啊？"

吃过饭，王老汉拿了一顶旧草帽往头上一扣，从墙上取下几年都不用的盘子秤放到车子上，换了解放鞋就兴冲冲地拉上车子上街了。老汉的运气还真不错，刚走到县城粮食局门口，从大门走出来两个中年妇女看见老汉的菜新鲜就要买。老汉停了车子，说："自家的，吃不了，嫩着呢。"妇女把挑好的西红柿放到秤盘上，老汉刚提起秤，身后"吱"的一声，一辆白色的客货两用车停下来。从车上下来五六个穿制服的年轻人，不由分说就夺老汉手中的秤。老汉惊慌失措，秤盘里的西红柿滚了一地，被那几个年轻人踩烂了，红得惨烈。老汉说："咋了？咋了？"

"咋了？这儿是你卖菜的地方吗？瞎了眼了！"

"这是我自己的菜！"

"不管是谁的。这儿就是不能卖。"有人趁老汉不注意，一把抢过秤盘，老汉一个闪失就栽倒了。那几个年轻人就卸了老汉的架子车轱辘扔到车上扬长而去。

站起来的王老汉狼狈不堪，瞅着眼前倒在地下的车子和滚了一地的西红柿、莲花白茫然不知所措。边上看热闹的人就说：“老汉，那是市政上的。要罚你款呢。”

老汉问：“我卖自己吃不了的菜还犯法吗?”

“不是犯法，是你放的地方不对。”

“我平常不卖菜。咋知道在哪儿放呢?”

“人家不管你知道不知道，就是罚款弄钱啊。”

老汉叹息一声，不让给这儿摆说一声不就得了。抢了秤，抢了车轱辘，是土匪嘛。

这时候，刚才买老汉菜的妇女说：“您这县城有亲戚吗？赶紧找人去走后门，把你的车子要回来啊。”

老汉就说：“你看我，真是老糊涂了。我儿子就在县上呢。”有人就问：“你儿子干啥呢?”老汉也不搭话，就匆匆去了对面的话吧。

不一会儿，刚才拉老汉车子轱辘的那辆白色客货两用车又开回来了。从车上下来两个领导模样的人向老汉走来。老汉一惊，还要抢东西啊?

那人走近了说：“你老刚才咋不早说呢。真是大水冲了龙王庙，一家人不认识一家人。”就向后面喊，“还不把车轱辘拿下来。”

那几个小青年就低了头，从车上取了车轱辘来给老汉安上了。帮忙捡拾散落在地的黄瓜、柿子……领导模样的人说，您跟我们走吧，这车菜我们买了。

老汉一声没吭，推起车子，忽然一使劲，两手往上一掀，满车的西红柿、黄瓜、莲花白倒在了大街上，开放出嘲笑的花朵。在周围人惊愕的目光中，老汉拉起他的架子车头也不回地走了。

绝招

市场里做生意的不外乎是两类人：一类是坐店经营的，一类是摆摊兜售的。摆摊做生意的劳累一些，但成本小，不出房租，这一部分钱就是挣下的；坐店经营的，成本要大得多，但人不受累。坐店经营的往往看不起摆摊的。摆摊卖货的人一般都在市场里找一家坐店经营的，晚上把货物寄存到那里，白天再拿出来摆。双方谈好每月拿多少钱，一年一结。这样，摆摊的人方便，坐店的人相应地降低一点经营成本，是双方都有利的事。

爱玲租房营业时，淑芳就说了，把我的货晚上寄到你那儿，一年给你拿六百元。爱玲当时没有说啥，第二天给淑芳说，谁谁谁把货寄在谁谁谁那儿，一年八百的。淑芳一愣，紧接着就说，也行！就照你说的办。

淑芳的货晚上就放在爱玲那儿，这一放就是一年多。大多时间，爱玲把门开了，淑芳也就来了，搬凳子、搬箱子、搬袋子，手上戴了加厚手套，腰上围了粗布围裙。这时候，爱玲就跷了二郎腿，坐在靠背椅上，悠闲地看淑芳"吭哧吭哧"地搬东西。她眼里是鄙夷和不屑，心里说："搬快些搬快些，不要耽搁了我做生意。"

爱玲有事耽搁不能开门了，要么去西安进货，要么回老家有红白喜事，就把钥匙交给隔壁的老刘。淑芳来了就找老刘拿钥匙开门，然后往出搬东西；淑芳有事耽搁不能摆摊了，也提前来把货物搬出来，不能影响了爱玲做生意啊。

有一次，爱玲临时有点事，就把钥匙交给淑芳的男人，说："把货搬了，千万记着把门拉上。门是卷闸门，用铁钩往下一拉就行了。"但那天淑芳的男人搬完货后可能有事打岔了，竟然忘记了拉门。爱玲办完事回来，看见大门敞开着，房子里正好就有两个人在看她的裤子——爱玲经营的是大人裤子——爱玲赶紧和买主谈生意，生意没谈成，爱玲一下子就生气了。爱玲来到淑芳的摊子前，淑芳的男人早走了。爱玲就在淑芳面前发了一大堆牢骚。淑芳赔了不少不是，大骂男人不是人。

后来有一天，淑芳的男人早早来到市场，爱玲却没有开门。等到八点了，问老刘，回答说，钥匙没在他这放。淑芳的男人就说："没听说爱玲今天有事啊？有事也该打个招呼的，我也就不来了，近十里路呢。"淑芳随后来了就打爱玲的手机，系统提示"你所拨打的电话已关机"。淑芳的心里就很不是滋味。淑芳和男人回家了，中午下城来办点事，就来爱玲这儿看看，门却开着。爱玲说："临时有点事，没顾上打招呼。"淑芳说："我打了电话的。爱玲说，是吗？我的手机刚好没电了。"

后来的后来，淑芳和男人把货都收拾好了，搬到爱玲的房子跟前了，就是进不了门。老刘说爱玲早不给他那儿放钥匙了。已经等了近三个小时，人影不见，打电话不接，再打，关机了。看着周围做生意的人乜斜过来的眼光，淑芳心里像打翻了五味瓶，酸、甜、苦、辣、咸……不知是什么滋味。总之就是一种难堪、一种屈辱。

淑芳和男人在众目睽睽下，只好去求附近的老乡，把货暂时放到他那儿。

淑芳的货不在爱玲那儿放了。二人见面形同陌路，谁也不问谁一句话。淑芳也不追究爱玲那天晚上为啥没来，爱玲也懒得解释。

这年腊月，生意正红火着，淑芳来到爱玲的门市部，只说了一句话"明天把房子腾出来!"爱玲知道她租的房子明天到期，可房租到期不到期关你淑芳屁事？爱玲理也没理淑芳，心里说看把你要得大的。晚上回家和丈夫说了，丈夫说："我们明天去找一下和我们填合同的人不就结了？"第二天，他们找到填合同的人，那人说，真正的房主其实就是淑芳，她是因为本钱小，负担重，不想进房子。把房子往出租吧，在市场出面又拉不下脸，就让他出面填合同了。他和淑芳的男人是弟兄的。爱玲傻眼了。货刚进回来不到一个星期，一年的生意就是腊月做哩。原来想着房租到期就续合同的，没想到房主竟然是淑芳。

第二天，在市场做生意人各种各样意味的眼光下，爱玲低着头，搬出了她才进回不久的货。

淑芳站在一边，手里把玩着那把金黄的钥匙，嘴角露出意味深长的笑容。

窗外白云

韦友良是洛城画坛名人。他有多大的名呢？我们看看他出的画册前面的简介就知道了。韦友良，男，洛城人，西京美院毕业。师从著名山水画家，西京美院教授柳修贤先生研习中国山水画。现为省美协会员，市美协理事，市仓颉艺术研究会秘书长，洛城青年书画院院长。

韦友良是名人，名人必有成名的资本。我们来看看韦有良成为名人的资本。

1999 年山水画作品入选陕西省建国五十周年书画展。

2001 年山水画作品获中韩第一届书画展三等奖。

2001 年书法作品获中韩第一届书画展优秀奖。

2002 年山水画作品获第四届全国山水画展创新二等奖。

2005 年作品获纪念抗日战争胜利 60 周年书画展银奖。

2005 年花鸟画作品获电影百年书画展二等奖。

2006 年山水画作品入选陕西省第十三届体育美展。

2006 年山水画作品入选陕西省建党 85 周年书画作品展。

2006 年山水画作品获全国“山水百强”。

韦友良山水作品画册是西京翰皇广告设计有限公司设计印刷出品。这个画册是码在洛城文化艺术大厦二层展厅的吧台上的。展厅四周悬挂着韦友良的山水画作品。书画作品看得懂的人少，所以展厅的人寥寥无几。真正懂书画的人很少来，有的人是不屑，有的人是妒忌。来看画的人多是洛城的闲人。何谓闲人？退休干部，富婆。这些人有闲也有钱，就报名参加了洛城的老年大学，学写字和画画。这些人不想成为名家和大家，就是个修身养性，附庸风雅。艺术大厦每有大展，摄影展、剪纸展、书画展，他们都来观赏学习。有略知皮毛的就对着作品指指点点，发表一些言论。边上不懂装懂的人就很深沉地频频点头。也有真不懂也承认自己不懂的人拢了双手，走马观花地浏览悬挂在墙壁上的书画作品，绕大厅转一圈也不停留就走出去。吧台的工作人员很客气地招呼，先生，您好！请留步。说着话，就递一本韦友良的山水画册。这本画册很精美。走出艺术大厅的人手拿一本很精美的画册，走在大街上，一时也显得高雅起来、有文化起来。

这说的是韦友良山水画展剪彩以后的事。画展的第一天，洛城文化艺术大厅热闹非凡。充气的红色拱门上两条黄色巨龙栩栩如生，红绸鞭炮响过，满地是血色的红花。红地毯、花篮、着旗袍的礼仪小姐把个场面衬托得红红火火。领导讲话，嘉宾祝贺。更有那电视台的记者长枪短炮“咔嚓！咔嚓！”不停地闪。韦友良的长发在脑后扎成一个马尾巴，特意蓄起的胡须在阳光下闪着黑色的光芒。

韦友良潜心研习书画，直到三十多岁才结婚。晚婚的好处是，孩子出生时，父亲就是画家了，是洛城的画坛名家了。韦友良的儿子叫韦未尽，名字是写诗的爱人起的。两岁就能分清红蓝黄绿各色颜料，三岁就能涂鸦，五岁就已经在父亲的画布上画出《秋居图》《窗外白云》。韦友良原来也画画，是没成名之前的事。在山间、在田野、在洛河源头、在秦岭之巅。后来，韦友良成名了，作品获了很多奖。有书画杂志约稿、有大赛组委会发邀请函，韦友良就不画画了，他开始作画，作画是在画室。其实也无可非议，从古到今，学生是画画，教授就是作画。

韦友良的儿子在电视上看见韦友良在画展上的风采，用拳头在韦友良的臂膀上使劲地、不停地捶。韦未尽说，你画的啥狗屁画啊？还上电视！怎么不见我呢？我那天也在的，那里也有我的画啊！韦有良老婆就喊儿子，未尽，未尽，听话。小心把你爸胳膊打坏了。韦有良那条胳膊果然就麻木了。韦友良脸上木木的，也不顾老婆的劝解和儿子的胡闹，独自起身去了画室。

韦友良的画室很阔大，中间放了两张乒乓球案子大小的画桌，上面铺了一层墨绿色的台布。画桌的边上，除了文房四宝外，最惹眼的就是那个笔洗。笔洗是文房四宝笔、墨、纸、砚之外的一种文房用具，用来盛水洗笔的器皿，以形制乖巧、种类繁多、雅致精美而广受青睐，传世的笔洗中，有很多是艺术珍品。韦友良的笔洗我们不知道它从哪儿来，但实实在在地放在他的画室里。韦友良拿起画笔，在笔洗里蘸蘸，铺开画布，凝视良久，却没有落笔。

韦友良的脑子很乱。他掷笔而立很久，又走到书橱前，从一个抽屉里翻出一沓获奖证书。

韦友良翻到一张获奖证书时，目光久久地盯着打开的证书，好一会儿，叹口气，走出画室。

老婆看他脸色不好，就劝他，未尽还小，不懂事，你不要怪他。韦友良摇摇手，说："我不会怪他。"只有韦友良自己知道，他的心病在哪里！那张他获得最高荣誉奖项的颁奖词是这样的：韦友良先生：您的大作《窗外白云》自然天成，藏巧于拙。经评委会终审，获得此次大赛一等奖。

《窗外白云》是儿子韦未尽的画作。

狗　事

王大毛喜欢养狗。王大毛养的狗不是名贵的宠物狗，动辄几千几万的身价。王大毛自己说，我自己都不值那么多钱呢。养狗不就是个乐子吗？高兴就行。王大毛的身前身后就总是跟了或黄或黑的几条狗，膘肥体壮的，龇牙咧嘴的，让见了王大毛的人恐惧。

说这话的人是刘一刀，我们小城医院的主刀医生。刘一刀是在秋天的傍晚上山时和我碰面的。那时候，我们对面刚好有一大一小两只狗走过来。我说：“一见到这些狗我就恐惧。我就不明白，这些住在城市里的人为什么喜欢养这么大的狗？”刘一刀就给我讲了这个关于狗的故事。

刘一刀说，那一年腊月，王大毛，你应该知道的，就是我们小城南门口大摇大摆那几只狗的主人。（哦，是他啊！）王大毛养的一只狗——王大毛叫他黑豹——忽然抽筋了，疯了一样乱蹿乱咬。王大毛就骑了摩托车，把狗往身后一按，带了狗去西市兽医医院。王大毛左手握着摩托，右手按着不停抖动的黑豹。就在快要到兽医医院的西门口时，王大毛的摩托车一拐，就和前面的一辆农用三轮车追尾了。

（啊！要紧不？）

事情要说不要紧。王大毛的摩托车前轮钻进了三轮的车厢底下，变形了。所幸的是王大毛人没有事，只是右手擦伤了点皮。这应该感谢这地方是一个拐弯，王大毛的车速放慢了。开三轮车的人下来给王大毛发烟，说：“老哥，咋不小心呢？”王大毛此时已经顾不上绑在摩托车后座上的黑豹，王大毛挡住了那只递烟过来的手：“你说的是什么话！谁让你把车停到这儿的？我这摩托你要赔，我这狗要是有个三长两短你吃不了兜着走！”开三轮的人就好话多说，掏出二百元给王大毛：“大哥，你看我们还有事，这点钱你就去修修摩托。不远处刚好有一个摩托修理部。”王大毛说：“不行，三百。二百能弄个啥啊？耽搁了这么久，我的黑豹要有个三长两短谁负责！”那人就又掏出一张老人头。

（钱这么好挣啊？）

王大毛钱还没接到手里，坐在三轮车车厢的一个小伙子发话了：“叔，凭啥给他掏钱！”小伙子说着话，已经下了车，站在王大毛的面前。小伙子一米八的个子，长得虎头虎脑的。他一把夺过三轮车司机的钱，说：“是他自己不小心撞上来的，又不是我们撞他的。”王大毛就火了，一个长拳捅过去，小伙子就成了熊猫眼。小伙子一个趔趄，稳住了身子，一只手捂了受伤的眼睛，左脚就狠狠地踢向王大毛。三轮车司机赶紧拉住小伙子，说算了算了，多大个事。一边对王大毛说对不起。王大毛躲过了小伙子这一脚，右手就多了款黑色的手机。王大毛把手机放在耳朵上喊，都过来。狗日的在太岁头上动土哩！

（是啊，这小伙子也不打听打听，王大毛是谁？）

接下来的事情就简单了。小伙子肯定不是王大毛和赶来的另外三人的对手。小伙子被打得躺在地上不能动弹时，110来了。小伙子先送医院看病。王大毛说，行，送去吧。不就是花钱吗？我花钱，你受罪，让你也知道马王爷是三只眼。王大毛掏出五百元给三轮车司机，说，我还要给黑豹看病呢。

110作了简单的笔录，接过王大毛递过来的烟夹在耳朵上，说：“净惹事！以后注意点。”

（这事就这么结束了？）

王大毛在又一次花了五百元后也以为就这样结束了。没有想到的是，半个月后，公安局来人把他提走放到了笼子里。和他同时放进笼子里的还有那天帮他打架的三个人。一个是他侄子，两个是他侄子的朋友。王大毛进了笼子才知道那个小伙子死了。（死了？）王大毛也不相信。王大毛说，不就是毛打了一顿吗，咋会死了？我也去医院看过，医生不是说，没事，就是点皮外伤吗？

但事实是不能改变的。小伙子确实死了。

王大毛托人找法医鉴定。鉴定的结果是小伙子本身有心脏病。可这只能是量刑减轻，并不能推脱刑事责任。王大毛和其余三个人在三个月后获刑

——死罪可恕，活罪难免啊！

（唉！）

刘一刀讲完这个故事，我们都沉默了。这时候，我们刚好上完一百八十八级台阶，走在通往市民游乐园的大道上。两边的绿化树在路灯的忽明忽暗里，影影绰绰。忽然，从绿化带里蹿出一条膘肥体壮的狗，黑色的。刘一刀惊叫一声，那只狗大概也受到刘一刀惊叫的惊吓，顿了一下，冲刘一刀狂吠起来。刘一刀怒从心头起，大骂：“哪个没教养的养这么大的狗，当心我刘一刀宰了你！”刘一刀话音未落，从对面走来一男一女。女的接口就说：“哪个没教养的和狗在这儿吵架？”刘一刀说：“哦，我说这狗没教养，原来还有比这狗没教养的。”对面的男人也不搭话，直接就扑过来，照刘一刀的嘴上狠砸一拳。刘一刀用右手抹了一把嘴角渗出的血，对那男人说，有种！别碰到我手上。

刘一刀出奇的安静。我知道这不是他的性格。

男人说：“你老几啊？以为老子怕你不成。也不打听打听，我王大毛是谁？”

（王大毛？）

刘一刀也惊讶地睁大了眼睛。你就是王大毛？你不是被判刑了吗？

嘿嘿……嘿嘿……

王大毛喊了一声：“黑豹，走！”

望着男人和女人，还有被称为黑豹的狗远去的身影，刘一刀狠狠地说：“狗日的，别碰到我手上。”

丁大夫

丁大夫退休后，泰和医院聘请他，开出的工资是每个月5000元，丁大夫没有去。第二天，泰和董事长亲自登门拜访，承诺年薪10万。丁大夫还是没有答应。后来，县医院返聘，月工资加上他的退休金正好和他退休前的收入持平，他却去了。老伴就笑他，连小学一年级的算术都不会算了。丁大夫说，人就合个感情，我在县医院干了多半辈子，和它有了感情啊。再说，病人到了县医院，找不到丁大夫，该是一件多么遗憾的事啊。

丁大夫返聘到县医院，在门诊二楼坐诊，是医院唯一的专家挂号门诊。这个共和国同龄的医院是这个县里最老、医疗技术最好的公办医院。丁大夫当年从西安学医归来，一头扎进县医院，一干就是大半辈子。在这大半辈子时间里，县长换了多少任，老百姓不知道，但老百姓知道，县医院有个丁大夫。医院考虑到丁大夫年龄大了，身体吃不消，安排他二、四、六值班，只是上午时间。丁大夫说，算了吧，还是每天值班，要不，大老远从乡下赶来的病人找不到我，就是我的罪过了。医院就规定，专家门诊每天只挂号50位。

丁大夫看病，不像那些年轻医生，先问患者什么症状，然后大笔一挥，去做各种检查，等拿来检查结果，再开处方。丁大夫的胸前总是挂着听诊器，他会撩起病人的衣服在胸前这儿听听，那儿按按，还不时问，这儿疼不？那儿疼不？然后翻开病人的眼皮看看，最后伸手搭脉。丁大夫开出的处方也不像那些年轻医生写的都是拉丁文，患者根本看不懂。丁大夫写的是中文名，末了，他还会在某些药方前用笔做个记号，说，这些药到医院外边买，便宜。

有个患者，也许是春节连续几天喝酒的原因，大年初五晚上出现偏瘫现象，初六就住院治疗。到了正月二十一，整整住了十六天，花了七八千元，病情不但没有好转，还加重了。患者也是位退休干部，这天就偷偷拿了自己的化验单子、CT 片子、医生处方找到了丁大夫。丁大夫仔细看了，半天没说话。患者就问，严重吗？丁大夫说：“贵药不治病啊！”丁大夫看过医生开的处方，都是提成药。就知道现在的医生心都黑了，但又不能对患者明说。丁大夫说：“也没有啥大不了的，别害怕。信得过我，就不要住院了，我给你开点药试试。”患者当天就办了出院手续。丁大夫给开了几服中药，又建议患者每天去中医医院针灸。丁大夫说：“在治疗的同时，每天早晚去体育场走十圈，先慢走，等身体走热了，再加快步伐，量力而行，适可而止，适可而止啊。”只半月，患者就恢复如初了。患者私下里问丁大夫身边的助理，想给丁大夫送点礼物，助理说：“您就别给丁大夫添麻烦了，他总是把推不掉的礼物拿去小卖部换成副食再送到病房，给那些农村来的病人。”

找丁大夫看病的人多是上了年纪的病人，有城里的，也有乡下的。有穿着鲜亮的，也有穿得邋遢的。有人脸上写着穷困潦倒，有人显出财大气粗。丁大夫一律一视同仁，脸上平静得如湖面上的水，波澜不惊。

丁大夫面前的台历边，是一个钉座，病人的挂号单按先来后到顺序插在上面。丁大夫处理好一个患者，就从最底下抽出一张挂号单。诊室里的长条椅上坐着等候的人，大家都很安静。忽然，从外面进来三个男人，一个梳着明光铮亮大背头，一个腋下夹着皮包，还有一个臂上搭一件大衣。夹皮包的男人把手里的挂号单递给丁大夫，丁大夫头也没抬，那人就尴尬地把挂号单放到丁大夫手边。丁大夫随手把那张挂号单插到钉座上。继续给病人号脉。这个病人处理好，丁大夫还是从最底下抽出一张挂号单，是一个农村来的妇女，衣衫不整，蓬头垢面的。那个夹皮包的男人就说：“丁大夫，我给您介绍一下，这个是咱县电力局的王局长……”丁大夫一边给那位妇女听诊，一边扬起右手，往下按了按，说：“坐、坐。一会儿就到。到这儿来的都是病人。呵呵。”

诊室里一下子静得能听到人的呼吸声。

那一年，县医院出事了，院长被判了十四年，科室以上全部调查，光一个科室一个主治大夫，一年里就退出回扣 60 万。整个事件里，只有丁大夫一身轻，继续他的悬壶济世事业。在当年的政协会上，主持人请丁大夫就此事发表看法。丁大夫说：“种瓜得瓜，种豆得豆哇。”

你不是张建

电话接通，那边是一个热情洋溢的声音："可联系上您啦。您知道我是谁吗?"我一时想不起来。"请问是哪位朋友啊?""您猜我是谁啦?听你口音，应该是浙江或者广东那边的朋友吧。""您猜对啦。那您现在该知道我是谁了吧?""我知道了，你是张建。""对！对！对！这是我的新号码。以后联系就用这个电话啦。""好啊。""您一定想不到我现在在哪里啦?""是啊，你现在在哪里?""我在宝鸡。我昨天到这儿出差啦。怎么，不欢迎我到你那边玩玩?""欢迎啊！你知道怎么来我们这儿吗?""知道啊！我明天早上就过来。""好！你明天到西安后，从火车站对面汽车站买到南罗的车票就可以了。三个小时就到。到了打电话，我接你。""行！到时候我请客啦。""你是客，还是我请客！哈！哈！"

张建是我在一个文学论坛认识的朋友。他的小说写得很有水准。我在论坛某个版块做版主。张建每有新作贴上来，我就跟帖欣赏。而我的博客，每天打开，访客里面必有张建的身影。时间长了，我们就成了心灵默契的朋友。在他的博客里，我知道张建其实是一个拥有2000多员工的私企老板。这样满脑子钞票的暴发户却写出那样柔软、怜悯、反思的小说，这是我习惯的思维里没有想到的，也是我欣赏他的原因。

现在，张建就要从网络上走进我的生活了。我对妻子说："张建是个私企老板呢，他正在做一本书刊，缺人手。他明天来了，我就和他说说，我去当编辑啊。"妻子说："去去去，只要人家要你。"说这话时，我已经躺在床上。暗夜里，我在想着明天应该穿整齐一点，给张建留个好印象。我甚至和妻子商量，张建来了，我们给他安排到哪个宾馆。我说："华阳吧。小城最高档的宾馆。"妻子说："安排到你同学开的宾馆吧，安静又卫生。"

早上上山锻炼，我和妻子的话题仍然围着张建在转。妻子说："回家后，把家里的脏衣服、臭袜子拾掇一下。拖个地、抹个沙发，把房子整理下。"我说："行。"妻子说："开门后你看着，我去把头发染一下。"我说："行。"我知道，这一切的一切都是为了迎接张建的到来。

从山上下来，我刚把电话拿到手里，想看看有没有张建的电话。电话就在这时候响了。是张建的。张建说："起床没有啦？打搅你啦。"我说早起床了。我们已经从山上锻炼回来了。张建说："是这样的啦，我今天到你那儿可能要晚一点啦。"我说不要紧。张建继续说："昨天晚上和几位朋友喝高啦，后来去开了房，正好碰上公安扫黄，我们被带到公安局啦。"我哦了一声。张建歉意地说："让你见笑啦。你们这儿对这样的事一般怎么处理啦？"我一时反应不过来："哦——你找当地的朋友通融一下，应该就是罚点钱吧。"张建说："罚点钱倒不要紧。我害怕的是拘留啦。好啦，等我出来，咱们再联系啦。"

挂了电话。我告诉正在打扫卫生的妻子，张建昨晚开房，被公安抓了。妻子说，这些男人，没有一个好东西。我说，可以理解啊。人家是私企老板，有钱啊。

妻子的早餐刚刚做好。张建的电话又来了。张建先问我，说话方便不方便啦？我走进里间。好了，你说吧。事情处理得怎么样了？张建说，我的朋友来了，有两个选择。一个是拘留半个月，一个是罚款5000元。钱不是问题。我可不想被拘留啦。我说那好啊。你出来后就来我这儿。我给你压惊。张建说，真不好意思。我的信用卡和重要东西昨晚寄存在酒店了。现在取不出来。你能不能先帮我垫上这5000元？我一出来马上给你打过去。或者我们见面带给你也行。

我的心里"咯噔"一声。我忽然想到在朋友的博客里见过这种情形的博文。难道这个张建是假的？难道离我很远的骗局在不经意间走进了我？张建是一个私企老板，他嫖娼我理解，有钱人嘛。但张建同时又是个文人，他也应该有文人的尊严。他应该不会把嫖娼出事的事告诉从未谋面的朋友，更不会向未谋一面的朋友开口就借5000元钱吧？想到这儿，我说，实在对不起，我前天刚刚进货回来，手头没有那么多钱。张建说，你有多少啊？你说说，能帮我多少？我继续试探，等下我到朋友处借点，凑齐了一块给你。张建说，你有多少啦。我朋友这儿还有点，看能够不？我说，就2000吧。我和老婆商量一下。张建赶紧说，不要和嫂子说，我们朋友之间的事最好不要让嫂子知道。再说，我还怕嫂子笑话啦。我说行。咋样把钱给你啊？他说，我给你个卡号。

我赶紧回家打开电脑。我试图找出张建的电话和他联系。看这个张建是不是网络上的张建。从始至终，都是我一厢情愿地称对方张建，人家并没有说他是张建啊。但我还是通过各种方式找到了张建的电话。电话接通，我说，请问，你是张建吗？那边说，是。请问你是哪位？

我挂了电话。

这时候，我的手机响了。打开短信，是一组农行卡号，署名张建。

一切都明白了，此张建不是彼张建。我回复：对不起，让你失望了。我刚刚和张建通了电话。你不是我的朋友张建……

第四辑

荒诞

我是自己摔倒的

乌子虚终于来到了无稽城。

乌子虚来到无稽城是用一双脚走来的。乌子虚是乌有村唯一不会骑车子也没有钱买车子的人。乌子虚活了六十多岁，当村上其他人用脚走着去镇上时他总是在村子里转；当村子里其他人骑上车子去镇上时他才用脚去了一次镇上；现在，当村子里的人骑上摩托，坐上公交车去无稽城的时候，乌子虚还是走着去镇上。这一天，乌子虚觉着自己再不去无稽城，也许这辈子都去不了无稽城了——乌子虚明显感到自己的腿脚不那么灵便了。

乌子虚是早上天刚麻麻亮就起的床。乌子虚喊老婆锅带起来熬糊汤。乌子虚说："我要去无稽城啊！"老婆锅带在被窝里含混地说："去无稽城？你没喝酒吧？三十里地呢？"乌子虚说："老婆子少啰唆。我能走动的。"说着，在堂屋地上"咣！咣！"地走了两步。

老婆极不情愿地起身，套了大襟黑棉袄，在腰里囫囵囵缠了一条看不出颜色的腰带，给二环锅里添了两瓢水，猫腰给灶间添了柴，从锅台摸索出打火机点了火，这才从锅里舀了水去洗脸。

乌子虚喝了两老碗洋芋糊汤。乌子虚喝着洋芋糊汤时，心里就想着"洋芋糊汤疙瘩火，除过神仙就是我"的俗话。乌子虚心里说，乌有村还别说，就我一个神仙哩。你有钱咋的？钱是身外之物，生不带来死不带去，还要时时防着贼偷；你当官咋的？今天当官有人求你，明天下台就有人踢你的响尻子。在下要提防底下人给你放冷箭，在上还要时时看着官老爷的脸色行事。你有车咋的？开到路上前怕撞了别人，后怕别人撞了自己。还要加油，还要缴过路钱。乌子虚这样想着，就真如神仙般飘然起来。

乌子虚飘然来到无稽城的时候，太阳刚好一竿子高。乌子虚站在无稽城的西施嘴，看眼前无稽河两岸的高楼大厦把蓝天割成一缕一缕的，就想起乌有村瓦蓝的天空和棉花垛一样的白云，心里就疼了一下，但这种疼的感觉瞬间就被面前走过的漂亮女子给带走了。乌子虚心里说，城里的女人就是不一样，脸皮咋恁薄，眼睛咋恁亮，眉毛咋恁弯？乌子虚这样想着就又往前走了几步，刚好有个公交车到站了。车上的人像乌有村林子里的蜂"嗡"地倾巢而出。乌子虚抬头看着车上下来的红男绿女，谁知脚下一绊，一下子摔倒在地。

乌子虚的腿脚本来就不好，刚才只顾着看西洋景，没有看脚下，一下子就摔倒在路边的道沿上。乌子虚的头磕在坚硬的水泥台阶上，就有殷殷的血流出来。乌子虚试图自己坐起来，但他努力了几下都没有成功。他这才感觉到自己的脚脖子扭伤了。乌子虚看见车上下来的人朝他这边望望，又望望，就是没有一个人过来帮他。乌子虚心里说，无稽城的人都咋了？没看见一个老人摔倒了吗？没看见一个老人头上流血、脚下受伤站不起来了吗？

乌子虚这样想着的时候，看见从车上下来最后一个小伙子。小伙子长得很干净，小伙子也看到了乌子虚。小伙子疑惑地看看前面走下车的人，向乌子虚走过来。走在小伙子前面的一个四十多岁的女人转身拉了小伙子一下，说了句什么。小伙子顿了一下，摇摇头，还是朝乌子虚走过来。

乌子虚在医院住了三天，头上的线拆了，脚也不疼了。乌子虚就出了院。

三天里，小伙子有空就往医院跑。小伙子给乌子虚买羊肉泡馍吃，也给乌子虚的老婆锅带买羊肉泡馍吃。乌子虚的老婆锅带就对乌子虚说，这小伙子多好啊！他撞你也撞得好，要不撞你咋知道他是这样一个好小伙子哩。乌子虚就拿眼睛瞪老婆，就你会说话？你会说话回乌有村说去。

乌子虚出院后，还是用脚在无稽城里转了一圈。无稽城有公交车，乌子虚不坐。乌子虚说，走着舒服，再说，走着看了西洋景还不花钱。

乌子虚走到东施口，看见好多人提了脑袋在看电视。乌子虚也提了脑袋去看。乌子虚在电视里就看到了自己，看到了小伙子。小伙子说，我没有撞他，是他自己跌倒的。

派出所的人说，你撞没撞他不是你说了算，是要有证人的。你没有证人就是他说了算。

乌子虚看见自己重重地点了点头。

乌子虚赶紧缩了头，走出人群，乌子虚用拳头狠狠地在自己的头上捶了几下。

乌子虚捶头的时候没有想到他又一次跌倒了。这次他是面朝下跌倒的。鼻子也出血了。乌子虚的周围一下子聚拢了好多人。好像刚才看电视一样的一群人。但是，这些人只是看着他指指点点，没有一个人伸出手来拉他一把。

乌子虚还是想，这无稽城的人都咋了？没看见一个老人摔倒了吗？没看见一个老人鼻子流血、脚下受伤站不起来吗？

乌子虚这样想着的时候，就听见边上有人说，看见没？这就是刚才电视上那个老汉。

边上马上有人接话，对，就是那个鸡啄米似的点头的老汉。

另一个人就说，现在这世道啊，多一事不如少一事。弄不好他又把你黏上了。

乌子虚忽然就扬起他沾满鼻血的手掌，大喊一声，是我自己摔倒的！乌子虚喊完这一嗓子，看见漫天都是一片血红色，湛蓝的天空一下子血流成河。

厕所不收费

乌子虚下决心要去无稽城时，老婆锅带从腰里掏出一卷钱给他说：“拿上。”乌子虚把老婆的手推回去，说：“我要钱干啥？进城我是两条腿，回来我是腿两条。再说，我就是去看看无稽城的西洋景，给眼睛过过生日。难不成看看还要掏钱啊？”老婆说：“还别说，就是啥都不买也要花钱哩。你没听说，在无稽城上个茅厕也要掏钱吗？”

乌子虚就笑老婆是老眼光。乌子虚说：“你没看见电视上都说了，无稽城从10月1日起全部公厕都取消收费了吗？”

老婆最后还是在乌子虚的口袋里塞了10元钱。老婆说：“腰里没铜，不敢胡行。”

乌子虚在无稽城的街道走着、数着，他数这条街道上有多少漂亮的女人——其实是橱窗里的模特；他数这条街道上有多少照得见人影的大玻璃门——更多的是酒店。有时候他还站在大玻璃前整整自己的衣帽，龇牙咧嘴地笑一下。乌子虚也注意到了香飘整个街道的饭馆，但他努力地咽下一口唾沫，在心里说，我是来看西洋景的，不是来花钱进馆子的。

乌子虚逛了西施嘴，看了东施口，去沉鱼塘转了，去落雁坡溜了，看看太阳西斜，西边天空彩霞满天，就想着明天也是个好天气。乌子虚这样想着的时候心里说，该回家了，要不，老婆锅带该操心了。

乌子虚紧赶慢赶往家走时，忽然觉得尿意来了。

乌子虚越不想尿，那地方越憋得难受。乌子虚就拐进仕途路尽头的市民游乐园。因为他看见游乐园大门左首有一块指示牌——公厕，那个箭头直指前方。乌子虚进门的时候没有人阻拦他。他明明看见大门西边的房子里有个狮毛头女人看了他一眼。乌子虚快步走到厕所跟前时，厕所门口的老头伸手拦住了他。

乌子虚说：“不是说公厕不收费了吗？”

老头说：“是不收费。我们要的是进游乐园的门票。这个厕所是给游乐园的市民方便用的。你没有游乐园的门票就不能上厕所。”

乌子虚转身就走。

乌子虚一生气，尿意竟然全无。乌子虚走出游乐园的大门，尿意又来了。乌子虚看看周围都是门面房，连个空地儿也没有，只有夹紧了腿往西走。乌子虚走到体育场门口时，看见体育场西南角有个厕所，想也没想就进了体育场大门。还好，体育场大门没有看门的，想必就不会收费了吧。

乌子虚刚要进厕所，从一边走来个阔脸大嘴妇女，伸手拦住了乌子虚。

乌子虚还是那句话，不是说公厕不收费了吗？

阔脸大嘴妇女说：“是不收费了。我们要的是健身证。体育场给每天来体育场锻炼的市民发了健身证，当然了，这健身证是要钱才能办到的。我们的厕所是给来体育场健身的市民服务的。你没有健身证当然不能上厕所。”

乌子虚再气，再急。尿意全无。

乌子虚想着，趁现在没有了尿意，赶紧走，走出无稽城，随便站在哪儿都可以撒尿了。乌子虚想起在乌有村的时候，随便站在哪个坎儿，哪个树后都可以撒尿。那次正在老槐树下撒尿，偏偏就碰上村里的寡妇黑氏了，一个转身啥事都没有。这无稽城撒泡尿咋都恁难？

乌子虚还没有走出无稽城，尿意又来了。乌子虚吸取了上两次的教训，不再乱撞。他走向路边的一个闲人，问，附近哪儿有公厕啊？回答说，没有。你可以去那家超市看看。超市都有厕所的。乌子虚就按那人指的方向走进一家超市。果然，在超市的最后边，左拐角有一个“卫生间”。乌子虚知道，城里人把厕所就叫“卫生间”。乌子虚看看左边玻璃门上有个戴礼帽，叼烟嘴的男人头像，就低了头往里走，边上一个保安模样的小伙子伸手拦住了他。

乌子虚说，不是说公厕不收费了吗？

小伙子说：“是不收费了。先生，请出示您的购物证。我们超市新规定，进门的顾客自愿领取购物证。有了购物证才可以无偿使用超市的卫生间。”

乌子虚返回超市门口，要领取购物证。吧台小姐说：“5 元钱。购物后收银台会自动返回的。”

乌子虚捏了捏口袋里的10元钱，怏怏地走出了超市的大门。

乌子虚一泡尿憋了两个多小时，出了超市大门，倒没有一点尿意了。乌子虚就庆幸自己刚才把持得好，要不，为了一泡尿还要花去5元钱哩。

乌子虚看着车站进进出出的人群，想也没想就进了车站。果然，在车站候车场的后边，有一个公厕。乌子虚径直走进去，刚好和一个人撞了个满怀。那人说："找死啊？失急忙慌的。"乌子虚也不搭话，就往厕所里走。那人却拉住乌子虚的后襟："把车票拿出来！"

乌子虚说："我没有车票。"

那人说："你没有车票你上啥子厕所嘛？"

"不是说上厕所不收费了吗？"

"是不收费了。可我们是车站厕所。车站厕所是为乘客服务的。你不是乘客，你就不能上厕所。"

乌子虚说："你等着。你等着。"

乌子虚转身来到车站售票厅。乌子虚冲玻璃窗口里的漂亮女售票员大声说："乌有村。"

售票员瞪了他一眼。乌有村？

乌有村！

漂亮女售票员旁边年龄略大一些的女人说，××路口。

漂亮售票员丢出一张票说："10元。"

乌子虚拿着车票雄赳赳气昂昂地去了厕所。

扎堆儿

乌子虚坐车进城，到城里的时间就早多了。冬天里，天空中是灰蒙蒙的。乌子虚到无稽城时，太阳还没有出来。走在还显清冷的大街上，乌子虚看到有几个老头老太太拿着马扎、小板凳急急火火地往前赶，就拽住从身边走过的一个老头问："老哥，赶啥啊？"

老头说："跟着走就是，一定有好事。"

老头头也不回地往前赶了。

乌子虚又拦住从面前走过的一个穿大红对襟棉袄的老太太问："妹子，赶啥啊？"

老太太瞪他一眼，谁是你妹子？

乌子虚弄了个大红脸。立时噤了声。老太太见他发窘，这才说，我也不知道，你跟着走就是，肯定是好事。

乌子虚想想自己也没有什么正经事，干脆跟着他们去看西洋景。

乌子虚懵懵懂懂地跟着老头老太太赶到剧院，心里想，原来这些人是来看戏的啊。进了剧院的大门，暗红色的剧场大门早开了。从四面八方赶来的老头老太太进了剧场。乌子虚看到，年久失修的剧场里，椅子早就缺胳膊少腿了。怪不得来看戏的老头老太太都带着马扎、小板凳呢。

乌子虚找了个缺一条腿的板椅仄身坐了。却见戏台子上没有大红帷帐，也没有演员出出进进。只有个大灯泡子在那儿孤单地发着白光。一会儿，出来了两个穿西服扎大红领带的男人，一会儿又出来两个穿西服围白底蓝点纱巾的年轻女人。

这些人上了台，并不唱戏，而是在台子上拿出大盒小盒的保健品，你方讲罢我登场。只看见手势忽高忽低，口中白沫四溢，说得是天花乱坠，药到病除，凉水都能点着灯。乌子虚低头看台子下的老头老太太，有低头抽烟的，有交头接耳说东家长拉西家短的。乌子虚就弄不明白这些人来这么早赶这么急究竟是弄啥来了。

就在乌子虚不抽烟，也没有人可拉闲话，实在坐不住了，起身要往外走时，旁边一个老太太拽了他一下，说："快了，就要发奖品了。"

"啥奖品?"

"等等就知道。"

乌子虚就等。果然不大一会儿，从台上下来两个人，一个人抱着个大纸箱，一个人从中拿出一把不锈钢小勺，依次分给台下的老头老太太。乌子虚就听见前面一个老太太埋怨，昨天还给一把铲子的，今天就是个小勺

乌子虚想，这些老头老太太起个大早，急急火火赶到这儿感情不是看戏、也不是听保健知识，更不是买药，而是来领奖品的啊?

乌子虚手里拿着一把明晃晃的小勺，走在无稽北路。太阳已经从云端钻出来，白白地亮着。乌子虚漫无目的地走着，快到全有超市了，却被面前一条长龙挡住了去路。这条长龙从超市的大门延伸出来，在人行道上越伸越远，眼看就要伸过无稽河，延伸到无稽南路了。无稽城的交警调集了两辆警车在无稽桥头值班，控制着龙尾的蔓延趋势。

乌子虚站在龙尾，问前面的人，排队干啥啊?

那人说："不要问。大家都排队，你只管排就是。肯定是好事。"

乌子虚和那人一问一答的时间，身后已经站了十几个人。

乌子虚迈着踏死蚂蚁的脚步蹭进超市，才知道是超市搞促销，每人一块豆腐，每斤一块三毛八，外边每斤一块八。

乌子虚说："我不要。"

售货员说："你怎么能不要呢? 一斤比外边少四毛，一块豆腐五斤，就少两块啊!"

乌子虚还是说："我不要。"

售货员说："你怎么能不要呢? 站了那么长时间的队? 不是说时间就是金钱嘛。你耽搁了时间，买了豆腐就省下两元钱。不买豆腐你就亏大了。"

乌子虚想想也是。就掏出老婆锅带塞在他兜里的10元钱，买了一块豆腐。

出了超市大门，乌子虚捏捏找回的三块一毛钱，心里说，三快钱刚好够回家的车费，赶紧回家吧，再不回家，弄不好又要走回去了。

乌子虚也不再看街道两边的西洋景，匆匆往车站赶。

乌子虚正走着，看见路边有一圈人都伸长脖子围在一起。好奇心驱使乌子虚又一次走过去，加入了扎堆儿的人群。

原来在圈子中间，一个穿皮夹克的小伙子正拿着黄灿灿的耳环、耳针、项链对周围的人群喊，我们这款首饰市场价是 888 元，现在的推广价只卖 188 元。真心宣传的人我们是免费赠送的。但是为了试试大家宣传的诚意，现在看谁敢掏 188 元买这款首饰？

就有胆大的掏出 188 元拿在手上。有一个人掏，紧跟着就有四五个人掏钱。小伙子收了第一个人的钱，把一款首饰给那人，继续收了那四五个人的钱，把首饰给了那些人。正在外边的人庆幸自己没有掏钱上当时，小伙子又说了，一块黄铜一块金，拿到大街试人心。可见人心都是试出来的。188 元钱一下子就试出了谁是真心给我们公司做宣传的。谁是来拾便宜的。今天为了表彰这些真心宣传的人，我们也真心把这件纯金首饰送给他们。小伙子话说完，就把手里的钱一一返回给那四五个人。

圈子外边的人又后悔不迭。

小伙子又说了，我们公司是诚信公司，为了回馈消费者，现在超低价赠送首饰给大家。有诚心的朋友请拿出你的区区 188 元。

这一次掏出 188 元钱的人比上次多了。小伙子一一收了大家的钱，把首饰一一送出去，就开始大讲特讲公司产品的优点和特性，再也不提返款的事了。

乌子虚明白了这就是老人说的江湖卖当的。庆幸自己兜里只有三块一毛钱。要不，肯定上当了。

忙啊忙

乌子虚下了车，从街边小卖部买了一箱白象手擀面，就急匆匆去了农贸市场。乌子虚跨进乌有道门市部时，乌有道正和一个顾客讨价还价。乌有道问："您要啥鞋？"乌子虚没有言语。乌有道转过身才看见是父亲来了。不好意思地讪笑一下，招呼父亲："爸，您来了，也不提前打个招呼，我去车站接您！"

乌子虚说："你总是忙啊！"

外边有顾客喊："这鞋咋卖？"

乌有道给父亲做了个无可奈何的表情，说："又要忙了。"乌子虚说："你去忙吧。"乌有道出去和顾客讲价钱的时候，乌有道的老婆喊："有道，你忙啥呢？没看见有顾客吗？"乌有道冲对门童装店的老婆喊，父亲来了！

乌有道老婆这才走进里间："爸，您啥时候来的？"

乌子虚说："想丫头了，来看看。你弄啥去了？"

乌有道老婆说："一个月前刚把对门的童装店接了。我们两个人忙得顾不过来。"乌有道老婆说着话，就去给乌子虚倒了一杯水来。说："爸，你喝水，我去看看有顾客没有。有道眼拙，看不住摊子。"

乌子虚说："你忙去吧。我就走。"

乌有道老婆说："您甭走。中午我给咱们做——米饭吃。"乌有道老婆的"米饭吃"已经是走出里间后说出的。

乌子虚抽了一支烟，喝了一杯水，看看再也没有人来招呼他，讪讪地站起来，走出里间，看看乌有道还在和几个顾客你少一块，他加一块的讲价钱，再看对面，乌有道的老婆更是忙得不可开交，一张嘴同时和几张嘴在那较量。乌子虚走出门市部，说："我走啊！你们忙。"乌有道说："爸，你再坐一会儿，我这儿一会就好。”乌子虚说：“忙吧，忙吧。”乌有道就喊老婆：“爸要走了！”乌有道老婆顾不上出门，就站在店里喊：“爸，中午吃了饭再走！”乌子虚摆摆手：“你们忙，你们忙。”

乌子虚出了农贸市场。直接上了无稽北路，到了“××土特产加工公司”大门口。就有个老头问：“找谁？”

乌子虚说：“找乌有义。”

“乌总啊？！你是谁？乌总交代了，闲人免进。”

乌子虚这个气啊——你就说：“有个糟老头子来找他了，叫乌子虚。”

老头钻进门房，打了个电话。没一分钟，乌有义来到大门跟前：“爸，您咋来了？也不打个电话。我不是给你装了个电话吗？”乌子虚说：“我那个电话就没有话。”边上的老头插嘴：“电话没有话？”乌有义说：“去去去，看你的大门去。”

乌有义接了父亲手上的香蕉说：“买这东西干啥？屋里有。”乌子虚跟在乌有义后边上楼，说：“知道你有。我是给孙子的。”

乌有义给父亲泡了一杯龙井，随手给父亲抽出一支精品好猫，说：“太忙。顾不上回家看您和我妈。”

乌子虚说：“你当老板了，闲人都免进了。肯定忙。”

乌有义说：“爸也笑话我了。也是的，到年终了，各个部门都要跑一跑。你不跑就有你的小鞋穿。相对于公家企业，我们就是私生子啊。”

正说着话，桌上的电话响了。乌有义接起电话，“喂”了一声，脸上马上就堆起谄媚的表情，“是冯局啊？！我知道，我知道。下午三点。对！对！老地方，老地方。”

放下电话，乌有义说：“又一个贪官。双手做了个无奈的摊开手势。”

乌子虚抬头看看乌有义身后墙上的挂钟，时针正好指向两点半。乌子虚牛饮一样喝干茶水，用手抹了一把嘴，站起来说：“我走了。孙子回来，记着让他回家啊！”

乌有义说：“爸，您再坐会儿？我再给您倒杯水！”

乌子虚说：“你忙吧！别让我和你妈操心就行！”

乌子虚真的想回家了。他不想在无稽城多待一分钟。孩子小时，总盼着他们有出息，盼着他们走出农门，盼着他们出人头地。盼着他们都成为城里人。现在，他们都成了城里人了，可都不是他的孩子了。

乌子虚正往车站赶路时，一辆黑色小轿车停在他身边。乌子虚以为他挡了人家的道，就往边退了一步。车门打开，从车上下来的是乌有仁：“爸，你啥时候来城里的？也不打个电话？咋不到我哪儿去？”

乌子虚这才看清原来是大儿子乌有仁。乌有仁现在是城关镇的书记，上次大孙女回老家，给乌子虚说，他爸快要当局长了。乌子虚说：“看来，咱们乌有村要出大人物了。”说这话时，乌子虚有感慨，有自嘲，也有点担心。三个儿子，就老大有出息，也最让他放心不下。小时候，乌有仁学习最好，鬼点子也最多。

乌子虚说：“我去你两个兄弟家了，都是忙。我想着你更忙，就没去。这不，正赶着回家啊！”

乌有仁说：“您要来城里，打个电话，我开车来接您和我妈。”

乌子虚说：“你又不是不知道，你妈要来城里早来了。我和你妈就是农民的命，住不惯城里的楼房，睡不了城里的软床。也上不了城里的厕所。”

乌有仁说：“爸，上车吧。我今天刚好要到市里去。就把您先送回家。”

乌子虚说：“你有事你忙吧。我坐公交车方便得很。”

乌有仁说：“是啊，年关了，忙。该走的路子没走，该通的关系没通，后边的路就不好走啊。爸，你知道，我混到这步不容易。再不跑跑，就该退休了。”

乌子虚说：“钱是啥？官是啥？生不带来，死不带去，都是身外之物。你的事我们不懂。不要让你妈操心就行。”

乌有仁说：“爸，我知道。”

乌有仁上了车，车屁股冒了一股青烟就消失了。

乌子虚看着小轿车消失的方向，怔怔地站住了。

所在地

乌有道接到一个电话，是省作协创联部的。电话那头说：“今年的作协会员审查会就要开了，怎么只有你的资料没有登记表啊?”乌有道受宠若惊，写小说多年终于媳妇快要熬成婆了，就颤声说：“是吗？是吗？我也不知道。”那边问：“你的资料咋送来的?”乌有道回答是通过市作协递送的。那边就说：“是这，我们明天就给你寄去登记表……”乌有道没等那人话说完就说：“我明天正好来省城，不用寄了，我亲自取。”

乌有道拿回了有编码的作家协会入会登记表，看了必填栏目，给老婆说：“我不管店里的事了，我忙啊!”乌有道打开电脑，开始整理个人简介，从他出生写到年过半百。哪年出生，哪年到哪年在某某小学读书，哪年到哪年在某某初级中学读书，开始喜欢文学（记得征婚启事上最喜欢用这个词儿了），哪年到哪年在某某高级中学读书，有文字变成铅字，哪年到哪年出了书，哪年到哪年开始写小小说，作品散见于某某报刊……乌有道整理完个人简介，又开始整理主要作品。这个好办，年前正好给北京某出版机构整理了个人创作大事年表，搬过来就行。乌有道忙了多半天，在老婆的埋怨声里终于把登记表填好了。

乌有道对着节能灯把登记表看了一遍，很满意也很惬意。乌有道在党派关系栏写了个“无”，在职务栏打了个叉，和工作单位（职务）栏目对视了两秒，无限惆怅地空起来。现在，就是找两个作协会员做介绍人了。这个简单，乌有道早想好了，小城名脸不但是小城电视台的名脸，也是小城文学圈的领袖人物，还有那个出了中短篇小说集子的胡大队，虽说是干的铁面无私的计生工作，在小说里却是慈眉善眼，极尽怜悯和同情之心的作家。乌有道打了两个人的电话，两个人满口应承，说没问题。小城多一个作家就是小城的荣耀，也是小城打造陕南文化强县的动力啊。

当这张登记表几乎填得满满当当，就在乌有道几乎要手舞足蹈时，一个不起眼的但却是非常重要的栏目把乌有道难住了。那个栏目是“所在单位意见”。这个栏目要“所在单位”签署意见，并且要盖红彤彤的红陀（公章）。

乌有道骂出“该死的红陀”时，正走在返回城里的路上。前面说过，乌有道把“所在单位（职务）”那个栏目空着，原因是乌有道根本就没有单位。乌有道在小城做一份很小的生意，但这份很小的生意因为乌有道持之以恒的坚持，为他在小城买了房子，也为他的孩子在小城学校缴了学费。同样因为这份坚持近乎二十年的生意，乌有道在老家农村已没有了土地和土地上的附属物——农业补贴等惠农政策应给的既得利益。乌有道把登记表拿给村上主管红陀的人看时，人家说，这个章我不能盖。你已经二十年没有土地了，家里的老房子也倒塌了，你在城里有房子，说句不好听的话，你的孩子怕都找不到老家在哪了？我管的是农村的公章，农村是啥，农村就是土地，土地就是农民。这个公章现在已经管不到你了。乌有道好话说尽，大伯啊，大爷啊，不就是一个红陀吗，你按一下又不少啥。再说，我这又不会去犯法。但那个人就是不给他盖章。那人说，你找你所在地盖章吧！

乌有道骂完那句话，见到公路上那辆绿色的公交车马上就到了，赶紧跑过去。乌有道窝了一肚子的气回到小城，老婆问他红陀盖了没？乌有道说盖个屁。恭喜你包括我们全家已经不是农民了。乌有道胡乱扒了两口饭，一看时间已经两点多了，就去找物业管理处。物业管理说，你的事应该找小区。乌有道找到小区，小区看了乌有道的登记表，摇摇头，伸开无奈的双手，一副爱莫能助的神情，恭喜您！但这个公章我们不能盖。你看看，你的附件里你的身份证上地址是某某乡某某村某某组。我们不是你的“所在单位”。乌有道说，我没有单位，小区说，你有所在地吧？你的户口就是你的所在地。乌有道说，我的户口说了，我已经不在所在地了，这儿才是我的所在地！小区不管他，转过身忙自己的事了。

乌有道拿着登记表走出小区，口袋里响起“不要再来伤害我”的歌声。乌有道拿出电话接了，是作协的。作协那头说，乌有道吗？后天就要上会了，你的登记表寄走没有？乌有道说，还没有。那头说，你咋搞的？明天用快件寄啊！乌有道还要说话，那头已经挂了机。乌有道漫无目的地走在大街上，忽然看见电线杆上代办证件的牛皮癣广告，就打一个过去。

乌有道在自己的登记表上“所在单位意见”栏龙飞凤舞写下“同意”二字。乌有道盖的红陀是这样的——无稽城乌有社区。

该死的春运

正月初六，乌子虚看看天色尚好，野地里没有一丝风，白翅儿绿嘴儿的喜鹊在门前光枝丫的梨树上喳喳地叫。乌子虚就喊老婆："走，今个儿我俩厮跟上去无稽城走。"老婆锅带一边甩手上的泔水，一边说："又是哪根筋不对了，想去城里逛?"乌子虚说："年年正月城里都要社火哩，你不是最爱看走高跷吗？今个儿就让你看个够。"锅带说："要去你自己去，我不去，年前我俩都去给人行情，倒叫贼把家里偷了。"你忘了？乌子虚就说："家里有啥值钱的？你不去我去。"

乌子虚穿了大儿子乌有仁买的皮鞋，二儿子乌有义买的对襟缎子袄，戴上三儿子乌有道买的灯芯绒帽子，活脱脱是一个电影里的土财主。锅带说："看把你美的，上城会相好的啊咋的?"乌子虚说："就是哩。我上次去无稽城体育场上厕所，见到一个打棍棍球的老婆子，就是比你长得好。那白头发也是一丝一丝的银子样哩。"锅带说："去去去，你去会去，怕的是人家看不上你呢!"

说话间，乌子虚揣了钱在口袋。锅带说："多拿些，小心回不来了。"乌子虚边走出楼门边说："回不来就不回来了。寻白头发老太啊!"锅带低声说："老不死的，老了还不正经。"

乌子虚走出村子，过了川河，上了一个慢坡，走到公路边已是气喘吁吁了。好在公交车还没有来，就站在路边等车休息。不一会儿，那辆绿色的车"扑哧"停在乌子虚跟前，乌子虚才要上，后边冲上来三男两女，一下子把乌子虚挤到一边去了。乌子虚上到车上时，只能站在车门口。乌子虚说："电视上不是说了，不准超员吗?"边上的售票员说："这是春运！知道吗？春运。"

乌子虚抓住门边的把手，努力把身子站稳。售票员喊了两声，哪位给这位老人让个位？车上没有一个人应声。乌子虚冲售票员微笑了一下表示感激。售票员是个年轻的女人，她看着乌子虚无奈地摇摇头。乌子虚正被车子晃来晃去摇得头昏脑涨，售票员喊："买票!"乌子虚从把手上腾出一只手，递给售票员 5 元钱。乌子虚等了半天也没见售票员找零，就喊："嗨，找钱啊?"售票员说："找啥钱?"乌子虚说："不是三元吗?"售票员说："这是春运，大爷。"

乌子虚就没了言语。

乌子虚看到社火时，太阳正端端地照在头顶。打头是一条张牙舞爪的龙，紧跟着的是两头狮子和一只小狮子，只见那母狮温柔，公狮剽悍，小狮可爱，一只红色的绣球把三只狮子逗得团团转。看狮子的人眼睛也跟着狮子团团转。狮子后边是一个官老爷坐轿子，脑后的官翅儿左边摇右边不动，右边摇左边不动，那个做官儿的身子转着让观众看翅儿，脑袋却一动不动。边上就有人说，那是功夫。轿子后边就是高高地芯子。童男玉女被高高的缚在顶杆上，长长的水袖在空中前后摇摆，孩子的脸上没有一点表情，像两个橡皮娃娃。红红的脸蛋不知是胭脂还是被初春的寒气冻的。芯子后边就是高跷了，男男女女穿着戏装，很夸张地穿插走动，有的还走起忠字舞唱起久违了的红歌。乌子虚看着高跷后边那些红男绿女走秧歌、甩扇子，一下子就忘记了自己的年龄，仿佛回到了四十年前，他和晓梅走秧歌的时光。那时，他们在无稽城上高中，放寒假时晓梅说，留下来吧，参加我们社区的社火队。因为社火队表演有报酬，更主要的是乌子虚那时真的喜欢和晓梅在一起就留了下来。

社火队已经走远了，乌子虚还没有从遐想中醒过来。嗨，你不是乌子虚吗?

乌子虚惊醒过来，才看见自己身边站着的正是那天在体育场见到的白发老太太。老太太说："你不记得我了？我是晓梅啊？高中同学。"乌子虚心说无稽城这地方就是邪，想曹操曹操就到。这才依稀记得晓梅的模样。那时候，他和晓梅是同桌，晓梅是城里人，身上总散发出一股浓浓的香皂味。从农村来的乌子虚就喜欢偷偷用鼻子嗅晓梅身上的味儿。乌子虚仔细看了看白发老太太，说："你真是晓梅?"老太太说："是啊！我是不是很老了?"又说："是啊，我们都老了!"乌子虚从老太太脸上找到一点点晓梅的影子。说："你真的是晓梅!"那时候，乌子虚从心里喜欢晓梅，梦想着考上大学了，就有资格追求晓梅。可等他大学毕业，晓梅已经是别人的妻子了。乌子虚说：“你还好吗?”晓梅说：“还好。你呢?”“好着哩。”乌子虚说：“老汉呢？没一起出来?”晓梅说：“老汉？还没老就跟别的女人走了。”乌子虚就不敢多问。晓梅叹了一口气，说：“还好，有个儿子。上了大学，在北京工作。”乌子虚就：“说过年回来没有?”

晓梅说：“打了电话，说春运车紧张，车费也高就不回来了。”

“该死的春运!”

乌子虚忽然冒出这么一句。

晓梅看看乌子虚没有说一句话。

谁的摩托丢了

这个晚上，乌子虚没眨一下眼。乌子虚知道，老婆锅带也没有眨一下眼。两间砖门面土墙的厦屋是乌有仁在家时盖的，不到20平方米的空间盘了个土炕，土炕前面还放了个看不清颜色的木柜，柜子上边同样一个看不清颜色的木箱，那是老婆锅带当年的嫁妆。柜子前面的地上堆了一行装粮食的同样看不清颜色的蛇皮袋子。袋子地下就是乱扔的鞋和小木凳、还有一把弯镰、一把扫帚。人的眼睛在黑暗里睁久了，就看得清黑暗里的一切。乌子虚看着黑魆魆的天棚，叹了一口气，翻个身，还是不能入睡。

老婆锅带也翻个身，也叹一口气。乌子虚说："睡吧！睡吧！"

锅带说："你说啥人把摩托偷了？"

乌子虚说："我要知道就找他要去了。唉！"

锅带说："我要是不回院里就好了。我咋就回院里看你印纸了？"

乌子虚说："现在说那干啥啊？我要是不回来印纸不是也没有那回事了？"

锅带就说："我回来时你还在摩托跟前立着哩，咱回到院里没有一碗饭的工夫……"

"唉！"

"唉！"

正月十五晚上，在陕南山区，只要能赶回家的人都要回老家给先人坟上散灯哩。十五那天，整个街道两边摆满了大中小红颜色的蜡烛，有带竹签的，也有没带竹签的。更有那有烟花爆竹专卖证的门市部，也摆上了平常不卖的大红蜡烛，整捆整捆的烧纸、冥币。穿西服头发油光的干部、灰头土脸的打工仔掏出大小面额不等的钞票买回烟花爆竹、烧纸蜡烛，然后小轿车、摩托、公交车赶回老家。这个夜晚，村子里家家户户房前屋后点上了星星点点的蜡烛，野地里，星星点点的蜡烛在夜色里摇曳，一堆堆烧纸的火光映红了跪在坟前人的脸，此起彼伏的烟花把平常静寂的乡村夜空划得贼亮。

乌有道就是在这个正月十五的傍晚骑摩托车回老家的。乌有道把摩托车停在老屋的院墙外边时，心里还想着把车放到院子里边，抬眼一看楼门门槛，犹豫了一下，就打消了这个念头（事后乌有道想起这个没有实现的念头就后悔死了）。乌有道在心里说，我不一直把车放在这儿吗？乌有道把车后架上的烟花爆竹、烧纸蜡烛拿下来，父亲乌子虚和母亲就走出楼门，母亲说："回来了?！你哥呢?"

乌有道说："在后边。马上就回来。"

乌有道看看天色尚早，二哥乌有义还没有回来，就给母亲说一声，我去老房那边转转啊！乌有道边说边跨出楼门，走向对面老房已经坍塌的院场。乌有道在老屋的院场里转转，看院子里那棵花蕾饱胀的梨树，摸摸快要开花的桃树枝条，用手指甲抠抠老核桃树的皮，这些都能唤起他童年的欢乐和记忆。看着结婚第二年和妻子一架子车一架子车拉土盖起来的厦屋，屋顶上迎风晃动的茅草，乌有道心里五味杂陈。乌有道瞬间决定上房打扫茅草。乌有道去隔壁人家借了梯子，上房打扫瓦沟的落叶和茅草。

母亲赶过来喊乌有道："你哥回来了，快下来。一会儿天就黑了，去沟里路不好走。"乌有道奶奶的坟在南边沟里。

乌有道说："妈，你回家让我爸先帮我印纸，我就下来。"

乌有道把梯子还给人家，走到父母住的院子外边，老远就看见摩托车不在了。乌有道的头"轰"的就大了。乌有道喊："妈，我的摩托呢?"

乌子虚和老婆赶出来，看着放摩托车的地方空空的，一下子傻眼了。

"我回来时你爸还站在摩托跟前的。我刚回院子里……"

乌有道走过去看摩托车辙，前轮转了一个圈，直直地下了门前的通村水泥路。乌有道说："完了，摩托车被人偷走了。"

乌有道那晚没有去先人的坟上散灯就回县城了，再晚一会儿就没有回县城的公交车了。乌子虚和老婆锅带千叮咛万嘱咐，回家千万不要和老婆吵嘴，她骂你你就少顶嘴。财去人安，想开些啊。有人就能挣下钱，有钱啥都有了。

乌子虚和老婆给儿子宽心。儿子走了。乌子虚和老婆锅带的心却宽不起来。乌子虚说："怪我，我就不该去印纸。早知道这样，我就站在摩托跟前。"

老婆锅带说："怪我啊，你印你的纸，我不该回去看你印纸啊！我要是在院子外头不就啥事也没有了。"乌子虚说："几千块钱哩，不是好挣的。乌有道媳妇脾气又不好，你知道。"

这个夜晚，乌子虚和老婆锅带一夜没有合眼。天亮了，你去城里看看去，就给他们说，财去人安。是啊，天亮了，我就去城里。有人了，啥都有了。

乌子虚赶到城里时，乌有道的门市部早开门了。乌有道和老婆正在里边玩电脑。乌有道说，快起来，我要写个东西。老婆说，你没看见我正在偷菜吗？

乌子虚就怔怔地站在门外，不知道该进去还是悄悄溜走。

聪明人

乌有道无疑是一个聪明人。

乌有道的聪明表现在及时、果断和无悔。外面世界的信息他总是第一时间知道，然后对这一信息采取果断措施。即使后来的事实证明他的信息来源是多么的不靠谱，他采取的措施是多么的可笑，他也总会找出各种理由来证明他的无怨无悔。

比如说罢，3 月 17 日，当“快买盐吧！浙江的盐已经卖到五块钱一包”，“北京更贵，听说多少钱已经买不到了”这些消息像大雨来临之前的飓风在大街小巷传播时，乌有道已经坐在自家的床头抽烟了。乌有道的脸上已经没有外人的恐惧、迷茫和无措。就在他居住的这间小房子，他脚前面的空地上，十箱没有拆封的食用盐正码在那儿。老婆说：“就你能！买了那么多还不是两块钱一包，比平时贵了五毛。”乌有道说：“头发长，见识短。等等看，那些人想买还买不到呢！”果然，不断有消息传来，小卖部盐卖到三块，很快就没货了，人民路上的商店一包盐卖到两块五，也没货了，超市，对，刚刚得到消息，超市买盐的人站了很长的队，从超市里站到马路上，从马路上站到南门口，每人限购两袋，时间不长，每人限购一袋。但，还是有人站了一个上午的队，人到跟前了，盐却没有了。

乌有道听到这些消息，脸上是满足和得意。乌有道对老婆说：“看，咋样？你老公聪明吧?!”

乌有道住的房子不足十平米，如果不是里面有一张床，那简直就是一个堆放杂物的仓库。从门口到床边，仅仅能放下一只脚的通道。两边是密不透风的物件。面袋子、米袋子、油桶子、药袋子、酱褐色的陶瓷罐子、瓦盆、瓦罐、箱子、盒子、挂面、洗衣粉……就连他的床上，除过睡觉的地方，也堆满了布袋子、方便袋、烟盒、罐头瓶等。这些东西都是涨价时乌有道抢购回来的。

老婆说：“那年非典，你买了那么多板蓝根，现在都当柴烧了。”

乌有道说：“你也不说说，那些板蓝根冲剂，我们现在有个头疼脑热的不是还在喝吗?”

老婆说：“早过期了，喝也不顶用。”

老婆说：“看着这满屋堆放的面袋子我就生气，面袋子底下都结块了，还吃。”乌有道说：“那不是涨价吗？我们当时省了五百块的。”

老婆说：“还有那几桶子油。现在的价格比那时还低。”

乌有道说：“那时一天一个价，涨得凶。”

老婆懒得和他理论，转身要走。乌有道说：“盐是调和头，没盐咋吃饭啊?”

事实证明，乌有道这次又是聪明反被聪明误。当天晚上，电视上就公布说，日本的核辐射根本影响不了我国的盐。陕西台也说了，我们的盐是甘肃的矿盐。有镜头显示，盐库里的盐多得我们吃不完。第二天，市面上就正常了，超市连夜拉回的盐堆得超市门前像山一样。政府广场也是山垛一样的盐。

乌有道在老婆的奚落里低了头。但乌有道随后说出的一句话却让老婆无言以对。乌有道那句话是这样的——我十年前买的这个单元房现在可是涨了十倍啊！

你真行

敏在西安康复路鞋市进货时，才发现手里有一张百元大钞是假币。是谁给的？敏一下子蒙了。昨天晚上走时从两人跟前拿的钱，都是好朋友……敏也不想了，事已至此，还是想办法花出去算了。

三街四号是一个小姑娘在忙碌。敏走过去，喊着要解放鞋，鞋装好了，算账，敏一下子给了小姑娘四张“老人头”。小姑娘看来看去，冲敏说：“大哥，麻烦你把这一张钱换一下。”敏接过钱，佯装不解地放到亮处看了，说：“好好的嘛，咋不要？”一面就重新取了一张。

走到七街，看到有一个老太太在看摊子，敏又大胆走过去，把鞋收好，敏特意走到屋内，五十、一百地给老太太数钱。老太太把钱放到眼跟前瞅，还是没认出那张假币，敏内心刚刚高兴，忽然从门外闯进一个小伙子，一把拿过老太太手中的钱，重新点一遍，一下子就把那张假币抽出来，冲敏吼道：“你小子还有良心没有？欺负老人咋的？重取一百块钱，这钱我收了！”敏吓的两腿打战，颤说：“我确实不知那是假的。那是我朋友借给我的，我想不会是假的吧。”小伙子看敏说的认真，又可怜巴巴的，就接过敏重新递过来的钱，把那张假币扔给他。

敏在西安市场再也不敢花那张假币了。

回到家，敏没给老婆说，怕老婆嚷出去了，因为这事伤了朋友的和气。晚上和一帮朋友出去玩，看马灯下老头的瓜子、花生摊，敏又产生花那张假币的心事。手在口袋捏着假币，都捏出汗来了，终究于心不忍，没掏出来。

这张假币成了敏的一块心病，整日坐卧不安。

那天早上，鞋业组长通知：国税局通知，二零零五年国家照顾西部贫困山区，税收减半。鞋摊全年只收五百元。

敏内心窃喜，一下子自愿带了五个人的税款，去国税局缴税。缴税的人太多了，敏的那张假币轻而易举地花出去了。鞋摊子的人知道了，都说：“敏，你真行！”

敏说：“今晚请大家喝酒！”

谁是谁的爷

百让知道应该叫升堂“爷”的时候他才两岁。

那时候，母亲正抱了百让在怀，指着面前的淑敏问：“你给这人叫啥哩？”百让脱口而出：“叫姐哩。”母亲又指着身边的玉秀问：“你给这人叫啥哩？”百让看看玉秀，又看看母亲，说：“叫姨哩。”母亲用手指了指五步之外的公公问：“给那人叫啥哩？”百让瞪着圆溜溜的大眼睛，说：“叫爷哩。”周围的人都说：“这孩子聪明，长大是上大学的苗苗哩。”正说着，升堂从门前的大路上走过，母亲就说：“百让，叫爷。”百让像一潭清水样的眼睛看了看升堂，锐声叫道：“叔！”

升堂就黑了脸，这娃小，也恁不懂事！百让母亲就赔笑脸：“叔，孩子还小，不懂事，你大人不见小人怪啊。”

在百让的眼里，升堂的年龄应该比父亲还小啊，但从这时候，他知道了应该给在大队里当会计的升堂叫“爷”的。这一叫，就叫了近二十年。

升堂给百让叫“爷”的时候，升堂已经四十多岁了。

那时候，升堂已经不是大队里的会计，升堂是“坏分子”，夏天在生产队饲养室挑臭气熏天的大粪，冬天在刺骨的河水里支硬的像西北风的列石。那年秋天，大队修一条农渠，全大队的劳力都上去了，吃饭的时候，生产队长让升堂和百让留下照看架子车，镢头，掀，撬预制板的钢钎等农具。队长还交代，升堂，你在大家来之前，把那堆预制板给我用架子车转到洞口。

升堂心里知道这是他“坏分子”的特殊礼遇，他肚子饿得咕咕叫，浑身一点力气都没有了，但他没有吭声。他知道吭声只会换来一句更恶毒的骂声。升堂勉强拉了辆车子，看看那堆还不见少的预制板，又看了看坐在核桃树阴凉下的百让，升堂走过去，升堂对百让说：“百让爷，你比我年轻，帮我把这些预制板拉到地方吧。”

百让睁大了惊异的眼睛看着升堂：“爷，你晕了吗？坐下歇歇。”

升堂说：“我没晕，咱俩谁给谁叫爷都一样啊，你给我帮忙拉车，你就是我爷。”

升堂给百让叫“爷”，叫了整整十年。

升堂重新当上百让的“爷”时，升堂也当上了镇上供销社的会计。升堂本来就是供销社的会计，在大队当会计是“干部下放”，在大队不当会计是“四清运动”的结果。

升堂穿着笔挺的深灰色中山装，戴着棕红色腿儿的眼镜片，腋下夹了一个黑色人造革包，脚蹬黑色三接头皮鞋，从村口的大路上走进村子，抬头挺胸像一个公社书记。

百让扛了锄头去地里，刚好和升堂碰了个照面。百让打招呼：“升堂爷，您回来了？”

升堂连看百让一眼都没有看，用鼻子哼了一声。

升堂对村里人说：“百让也太没大没小了，叫了我名字又叫‘爷’，有这样跟人打招呼的吗？没文化！”

喝豆浆

乌有道不抽烟，不喝酒，唯一的嗜好是喝豆浆。问题是，现在他连豆浆也喝不上了。

乌有道有个好习惯。每天早起，就去体育场跑三圈，倒着走一圈，再慢步走一圈。四十多岁的人了，没有所谓的“三高”，也没有“椎间盘突出”。做完了这些功课，乌有道就从体育场后门出去，在“来一碗”小吃店喝一碗豆浆，吃一根麻花。“来一碗”小吃店经营豆浆、麻花，馄饨、米线和水煎包子。乌有道雷打不动的是豆浆和麻花。麻花可以没有，豆浆是每天必喝的。乌有道一坐到铺塑料布的桌前，那个胖脸凸肚的女人就说，来一碗？乌有道说，来一碗。

这个冬天，乌有道心血来潮，没有去体育场，而是上了仓颉园。仓颉园西南，新建了市民健身乐园。乌有道在铺着青砖的跑道上跑了两圈，在各种健身器械上做了运动，又眼馋了几十人的健身操，看看太阳已经一竿子高，就开始下山了。

乌有道下了九十九级台阶，走过挂了红红灯笼的步行街，就要穿过朝圣门了，忽然发现，在朝圣门一侧有个小小门脸，门脸里面正对着大街的一面墙上，喷绘了一幅热烈的广告画，底色是粒粒饱满的黄豆、红豆、绿豆、黑豆和芝麻。在这些诱人的画面上呈扇形出现一行字“浓香现磨豆浆吧”。乌有道就是被这幅浓烈的画面吸引过去的。乌有道走过去，才看见这个小小的门脸前站了好多人，穿着时尚的年轻女子，穿臃肿羽绒服的老人。乌有道看到那个年龄稍大的女人正把泡好的黄豆倒进豆浆机里，加了水，摁了开关，机子就“突突”地工作，不到一分钟，新鲜的豆浆就出来了。柜台后边站的男孩手忙脚乱，一边给杯子里倒豆浆，扣盖子、插管子、一边收钱。

乌有道喝了一杯黄豆豆浆。这一喝，就再也放不下了。这个现磨豆浆吧的豆浆真像广告上说的，比咖啡更好喝，比牛奶更营养。这里的豆浆比以前喝的豆浆好多了，浓、香、鲜。喝在肚里，香在嘴里。

这个冬天，乌有道天天上山，天天喝豆浆吧的豆浆。有一天下山时，碰到以前在小吃店的“豆友”，那个满头白发的老头喊他，走，去“来一碗”。好长时间没有见你了。乌有道说，我现在是“来一杯”了。就义务介绍了浓香现磨豆浆吧的豆浆，硬是拉了“豆友”去喝豆浆吧的豆浆。

这一天，乌有道买了豆浆，才走两步，忽然看到豆浆吧隔壁墙上贴了一张招聘启事。细看了，知道是豆浆吧招服务员，月工资1000元。乌有道回到家里，无意间给老婆说了那个招聘启事的事。工资挺高的，乌有道说。在这个小城市，无论是饭店还是超市，招聘员工基本工资都不会超过600元。乌有道老婆就说，我去问问，真要是那样的话，让囡囡去。囡囡是他们的小女儿，今年上高一，马上就放寒假了，正嚷着说今年寒假打工啊。

囡囡还真就在这个豆浆吧上班了。

囡囡上班的第一天早上，乌有道照例去喝豆浆。乌有道端了囡囡倒的豆浆，把一元五角钱递进去。囡囡喊了一声“爸——”乌有道说，收你的钱。转身就走了。老板问囡囡，那是你爸？囡囡说，是的。我爸给钱了。老板说，第一次见，不认识。

乌有道第二次去喝豆浆时，人不多。老板亲自给乌有道倒了一杯豆浆。乌有道把钱递进去，老板说，不收钱。您昨天来，我真不认识。乌有道说，咋能不收钱呢？我有钱。说着把钱放进柜台里面，转身就走。晚上，囡囡下班回来说，爸，我老板给你倒豆浆用的是我们内部杯子，不记数的，所以不收钱。你走后，他把钱又给我了。

乌有道说，那咋行？你明天把钱给人家。不收钱，我以后还咋去喝豆浆啊?!

再去喝豆浆时，乌有道就提前把一元五角钱掏出来，豆浆还没有倒出来就把钱递进去。老板就是不收。还是用内部杯子倒了满满一杯豆浆递出来。乌有道说，你不收钱我就不喝了。老板只好收下钱。那天晚上，乌有道上厕所，无意中听到刚刚回家的囡囡和老婆谝闲传，囡囡说，我老板那人就是好，我爸喝豆浆的钱，他又给我了，还不让我给我爸说。乌有道就暗叹一声。咬咬牙，下了一个决心。

第二天，乌有道再也没去豆浆吧喝豆浆了。而是去另一家豆浆吧喝了一杯。遗憾的是这杯豆浆和囡囡打工的那家豆浆味道差远了。

晚上囡囡回来专门找了父亲，爸，我老板说了，咋不见您去喝豆浆了？你喜欢喝就去喝，他照样收你的钱就是。乌有道说，你老板的好心我领了。孩子，我是不想让人家说女儿在那，我就去蹭白食啊？

乌有道再也没有去囡囡打工的豆浆吧买豆浆。但，乌有道喝豆浆的嗜好并没有丢。囡囡知道这其中的原委，只是再也没有在父亲面前说破。乌有道的小聪明早被囡囡的老板识破了——那个替乌有道买豆浆的老头每次拿出来的杯子其实都不一样，一个是计数的，一个是不计数的。一个收钱，一个不收钱。当然了，钱还是囡囡保管着。

有一天，囡囡问老板，我打工你给我开工资，我爸喝豆浆的钱你为啥不收啊？老板说，做生意是做生意，做人是做人。这是你父亲教给我的道理。

灵魂飘荡

1

我看见那张寻人启事时已经是五天之后了。

乌子虚，男，现年78岁，于2010年12月12日从太子路走失。走失前头戴蓝色毛线帽子，上身穿黑色制服，下身穿黑色裤子，脚穿黑色条绒家做棉鞋。本人走路习惯抬头挺胸，目不斜视，凡人不搭言。特点是双手握拳，走着走着会猛地跳一下。有知情者请告知，有重谢。

电话：189××××××××

189××××××××

纸片右上角是一张黑白照片。那就是乌子虚了。典型的瓦刀脸，如果不看眼睛，棱角分明的脸部轮廓能看出这个男人往日的刚毅来。照片应该不是近照，最近也是五六年前的照片了。我和这个叫乌子虚的男人对望两眼，无限遗憾地离开这里。所到之处，我发现这张白纸黑字贴满了小城几乎每一个角落、每一根电线杆。我甚至有点感动了。

2

猎人是个年轻的男人。猎人其实已经不是严格意义上的猎人了，乡下人叫他“打兔的”。时间进入新时代，猎人们已经没有拥有猎枪的资格。这个冬天很寂寞，空落落的村庄里只有清冷的房屋和光秃秃的树木、走路迟缓的老人。年轻人也是秋后从广东赶回来的——父亲卧病在床。冬天里的第一场雪落下来的时候谁也不知道。雪给了夜亮色。看着漫山遍野的白，年轻人再也耐不住寂寞了，爬到楼上翻出偷藏的猎枪，喊上叫大黄的狗，一溜儿就进了山。年轻猎人在山野里撵兔。“嗵！”的一声。猎人大喊一声，打中了。猎人拍拍大黄的头，说，我的手艺还在。猎人就是这个时候和乌子虚相遇的。兔子躺在悬崖下的雪地上，白色的雪地上一滩殷红的血，触目惊心。猎人捡起兔子，一抬头，和乌子虚打了个照面。悬崖上的枯树、枯树上的人。猎人惊叫一声。拔腿就跑。猎人跑了一段路，又顺着凌乱的脚印走回来。猎人看到这是一个老人，头戴蓝色毛线帽子，脚穿黑色条绒棉鞋。猎人掏出手机，摁下110。

3

我听见体育场跑步的人在议论。那个穿着臃肿家做棉袄的女人愤愤地说，你说现在养儿有啥用？六个儿子哩，养活不了一个老子。旁边穿黑色棉袄的男人说，六个？两个已经在那年的严打中“嘣”了。说是偷了几万元，放到现在都不及贪官腿上一根毫毛！边上一个小伙子说，不是偷，是抢吧？肯定是拦路抢劫，偷怎么会枪毙呢？这时候从后边撵上来一个着绿棉袄的女人，插嘴说，听说是在梦灵山上发现的，跳崖，挂到一个树上了。那个男人就说，几天几夜，冻都冻死了。还是那个绿衣女人说，听说老汉走失那天早上，儿媳妇摊煎饼，老汉和孙子抢着吃，儿媳妇骂了老汉。穿家做棉袄的女人说，啥嘛？听说儿媳打了老汉一耳光。还是先前那个女人说，老汉一个月三千多元工资呢，这下断了他娃的财路。真是不会想。把老汉伺候得好好的，多活十年多领国家多少钱啊？小伙子接口说，一年四万，十年就是四十多万，买一座好房啰。

我实在听不下去了，就离开体育场，来到小吃市场。这儿有我每天吃的早点胡辣汤。让我没有想到的是，这儿也是一片议论之声。说的还是乌子虚的事。说是一个打猎的人发现的。跳崖、没死，挂在树上冻死了。有人就向同样喝胡辣汤的穿警察制服的人求证。警察囫囵囵说，无—可—奉—告。边上就有人说，听说出事后，那个不孝子自己拉了辆架子车把人拉回来了。

唉！

唉！

4

年轻的猎人跪在父亲的病榻前。他在给父亲接屎接尿。叹息一声，我悄悄溜走。有时候，孝心不是用文化高低来衡量的。我听见那些假惺惺的哭泣和哀号。

其实，事实就是事实，无法改变。但真相只有当事人知道。

我不说，因为我一张口，你们就会吓一跳。

他们也不会说。他们是指寻人启事上两个电话号码的主人。

一个灵魂在小城上方飘来荡去。

一支烟其实怎样

一支烟和一支烟其实不一样，比如价值。乌有道这会儿身上就装了四盒烟，用左手能掏出的是左口袋和右上口袋的烟，分别是软猴王和软骄子；用右手能掏出的是右口袋和左上口袋的硬猴王和芙蓉王。我已经说过，一支烟和一支烟其实不一样，比如价值——同样是一支烟，软猴王是一毛五，硬猴王是两毛五，骄子是五毛，芙蓉王就是一块二了。我，就是身价一块二的那支烟，这会儿正蜗居在乌有道的左上口袋里，随时准备完成乌有道的差遣和使命。

是啊，一支烟和一支烟其实不一样，比如使命。乌有道这次回老家，是为女儿“助学贷款”的事，就是给表格上盖公章的事。看似简单其实不简单的事让乌有道大伤脑筋。首先就是一支烟的问题，给什么人发什么烟其实也是一门大学问。乌有道一下车，就遇到本村的二叔。二叔喊，有道，回来啦？乌有道伸出左手掏出一盒烟，软猴王，抽出一支递过去，叔，上街啊？二叔接过烟，乐呵呵地走了。乌有道走到老屋门口，透过油漆脱落的楼门，看到父亲正蹲在地上忙活。父亲一抬头，看到乌有道，就高兴地喊，叨叨回来了！母亲就出现在乌有道的视线里。矮小的母亲迈着罗圈腿，一张核桃皮样的脸乐开了花。叨叨啊，你回来了？乌有道一脚踏进楼门，说，我回来有事哩。母亲的脸上笑容殆尽，我知道你没事就不回来啊。乌有道一边用左手掏出一支烟——软猴王——递给父亲，一边说，我忙嘛！父亲接过烟，叼在嘴上，边点火，边说，娃是忙啊。又说，啥事？乌有道说，孩子的事。

乌有道马不停蹄地赶到村上会计那儿，会计正在院坝弄烤烟。会计一只裤腿挽在膝盖上，暴露的泥腿上青筋暴突。乌有道已经走进院坝了，会计还是没有看见他。但乌有道已经看到了会计的骨子里——会计是装的。乌有道只有大声喊，舅啊！忙着呢？乌有道在心里喊，狗屁。乌有道的外婆家和会计在一个村子。乌有道喊完舅，就伸出右手掏出一支烟——硬猴王——递给会计。会计接过烟，很快浏览了烟的牌子，随手夹在耳朵上。啥事？乌有道掏出申请表，说，舅，要麻烦您给盖红陀哩。会计拿起申请表看了看，又塞给乌有道。这要村长签字哩。村长签了字，我这儿就给盖章。乌有道说，以前不都是你一个人说了算吗？会计说，现在不是了。村长也要抽烟哩。乌有道说，好舅哩，你就盖了红陀吧，都是实情嘛。会计说，我知道是实情。可要村长签字哩。要不，要村长干啥呢？前次开会，村长发脾气了，说，村上的事都是我盖章，他连毛都不知道，要他这个村长弄啥呢？乌有道又掏出一支烟，是骄子，递过去，好舅哩，你就当给外甥帮忙哩。你看我回来一次也不容易，还要赶到乡上盖红陀。弄不好，乡上就下班了。会计同样用眼角的余光扫描了手里的烟，叼在嘴上，乌有道赶紧掏出打火机点着了会计嘴上的烟。

乌有道拿上盖了章的表格，马不停蹄地赶到乡政府。乌有道和从民政办公室出来的一个男人走了个头碰头。那人身后的门"哐当"响了一声。乌有道说，我想盖个章。那人扶了扶眼镜，说，没看见下班了吗？乌有道低声说，还没到12点嘛。那人说，你看看，你看看我们墙上的大钟。乌有道抬头看去，正对着大门的一面墙上果然有一个大钟，时针正好指向12点。乌有道在心说，倒霉。但乌有道还是用右手伸向左上口袋。乌有道掏出一支烟——骄子——递过去，师傅，求你了，就盖个章。那人又扶了扶眼镜，下班了。乌有道说，孩子下午要用呢。求你帮个忙。乌有道说着话，手里的打火机已经打着了火。那人叼了烟，开了门，盖了章。乌有道屁颠屁颠地跟在那人后面，一叠声说谢谢！谢谢！乌有道说谢谢的同时，又掏出一支烟递过去。

我跟着乌有道走进一个气派的大门，门里边的台阶上坐了很多学生模样的人和如乌有道一样的家长。乌有道问，还没上班啊？都两点半了。有人说，谁知道呢？我们都等了快一个小时了。乌有道见一个房子的门半开着，就走进去，问趴在电脑上的人，盖章的人啥时候来啊？那两个人头都没有抬，在外边等着。乌有道走进去，那两个人不得不抬起头，你这人咋走进来了？……哦……是你。乌有道认识其中一个人，是他的高中同学。乌有道说，早知道你在这儿上班，还装作不认识老同学了？那人说哪里哪里。没注意是你啊。乌有道看到他们两人都在电脑上“挖坑”。办公桌上是一杯冒着袅袅热气的茶，一盒撕开口子的芙蓉王烟。乌有道在同学拉来的椅子上坐定，把手伸进我蜗居的口袋，掏出一支烟，又掏出一支烟递给那两个人。孩子的事，需要盖个章。同学说，盖章的人要到三点才上班。是这，你把表放到我这儿，下午来取。这两天盖章的人特别多。

我说过，一支烟和一支烟其实不一样，虽然都是一支烟。比如价值，比如使命。

第五辑

百姓

吃 烟

男人说，我们这地方把抽烟叫吃烟的。

男人还不是男人的时候，去县上开文学创作研讨会。在女同志的寝室，那个大他四五岁的女人教给他吃烟。女人说，男人不吃烟，枉为男子汉。女人说，来，坐到我跟前，我教你吃烟。女人说着就伸手把还是孩子的他拉到身边。女人的体香第一次钻进他的鼻孔，沁入他的心脾。女人把一支带把的金丝猴香烟塞到他嘴里，“啪”地就打着了火，蹿起的火苗差一点就烧到他的鼻子。那烟雾直往他的眼窝里钻。眼泪流出来，他用手去抹，脸蛋却红了。女人说，没出息，从他嘴里抽出烟，叼到她嘴里，用她修长的右手中指和食指夹了，把头仰起来，狠狠地抽一口，然后徐徐吐出来，那烟雾好像电影里妖怪的化身一样，袅袅婷婷地升到空中，一个个漂亮的烟圈在房间慢慢飘散、弥漫。

男孩终究没有学会吃烟。

男孩长到二十岁的时候，自以为是个男子汉了。男孩出门办事，就买了带把的好烟装进兜里。男孩多少次都是把事办完了，办好了，握过手，走出门好远，潇洒地把长发往后一甩，把手往兜里一插，刚刚准备唱“该出手时就出手”时，他的手触到从家里走时装进去的烟盒。男孩一下子变脸失色，知道办的事十有八九泡汤了。但他每次办的事都很顺利。回家问父亲，父亲说，那是你的运气好啊！

男孩快成为男人的时候，和女朋友去拜泰山。拜上门的亲戚都给男孩取烟。女朋友总说，他不会吃烟的，他吃烟烟往眼睛里钻哩。人家就笑，不会吧？是不是你不让吃？男人咋能不会吃烟哩！女朋友又说，我管他干啥哩。他真的不会吃烟嘛。他说吃烟嘴里苦哩。男孩也点头哈腰，说，是，是。我真的不会吃烟。那人就笑得更厉害了，不会？把烟给嘴里一塞点着火就会了！

男人真正成了男人以后也不吃烟。因为女人总在人前人后说，我男人就不会吃烟的。人家就说，不吃烟好啊！一辈子省一副棺材呢。女人就笑，男人也笑。女人是满足的笑，男人是无奈的笑。

男人开始吃烟是他四十岁以后的事了。

女人从西安打电话回来说，我又选择了一家直销公司。男人说，想都不要想！女人还是说，你考虑考虑，给我个话！女人没等到男人的话，女人拿进货的钱买了单。男人对女人说，你不应该给我打电话。我不是你男人！女人说，你是狗肉不上台板。

男人就去写自己的东西。男人心里说，我已经没有女人了。女人开始东南西北地跑客户，女人开始天南海北地打电话；女人的头发飘扬起来，女人的衣服靓丽起来。女人跑着跑着就不落脚了。女人的心像天上的云越飘越远，女人一回家就看啥都不顺眼。不顺眼的男人看着女人也不顺眼。男人就不看女人，男人就当女人没有回来一样该干啥还干啥。女人看着男人的背影说，窝囊！男人不说话，男人就上厕所去了，男人蹲在厕所里吃烟。吃烟的男人忽然就想起印在烟盒上的一句话“抽烟有害身体健康”。男人好像和那句话赌气一样，又抽出一根吃起来。

女人又要走了。

男人又要写东西了。

女人走了。

男人吃烟了。

女人走得越来越远。

男人烟吃得越来越多。

女人说，直销好啊！钱也挣了，玩也玩了。人也变得年轻了。女人的夜就绚丽多彩。女人的舞姿是十八的姑娘越变越好看 。

男人写，男人本不是一个坏男人的，但男人还是变坏了。男人的夜就很孤寂。男人电脑桌上的烟灰缸里烟头就像打败仗的士兵缴的枪。

女人回到家已是一年之后了。女人再也不走了。但男人却要走了。男人被确珍是肺气肿，晚期了。

女人后悔没有挣下钱。

男人后悔咋就学会吃烟了？

喝酒

我又喝醉了。

我喝醉了，就打老婆。我打老婆不像你们那么打几下就算了。我是真打，像武打片中的大侠一样，打一下，还“嗨”一声。而我老婆也不像你们的老婆那样嚎，她只是低声地哭，任眼泪不停地从眼窝涌出来，顺鼻梁两边往下流。

我老婆也真禁打。晚上打过之后，洗一把脸，照样睡觉。早上起来，嘴脸乌青的，该买菜还买菜，该上班还上班。新华看见了，就问：“怎么，又打架了？这大贵，真该死！看我怎么收拾他！”

我老婆没出息，竟然对他浅浅一笑。

忘了告诉你，新华是我的同学，也是我的朋友——不过现在不是了。新华也是我老婆的同学，也是她的朋友——不过现在也不是了。现在新华是我们厂的董事长，其实就是俗不可耐的私企老板。

我仍然是两天一小醉，三天一大醉。小醉就和老婆小闹，大醉就和老婆大打。可恨的是我老婆从不和我弄得天翻地覆，从不和我提离婚的事。每次我打累了，就不“嗨”了，老婆却抱了我哭得稀里哗啦。老婆说，我知道你心里苦哇，放到谁跟前都一样。厂子没了，一个集体厂的厂长去给私企老板打工，心里不难受才怪哩。可你不能总喝酒啊，酒水水伤身哩。

我吼道，你哭啥？你应该高兴才对。你是不是后悔了？

我原来是我们县酒长的厂长，我们生产的“东泉”牌白酒曾经红遍三秦大地。可几乎一夜之间，我们的酒就卖不出去了。勉强支撑了三年，厂子改制为公司还是没有起死回生，眼看要破产。这时候，新华的饮料公司收购了我们的公司。“东泉”牌纯净水、绿茶、红茶、果汁饮料翻过秦岭，跨过黄河，成了一个响当当的品牌。

你说我能不生气吗？我能不一醉方休吗？我能不打老婆吗？

我当厂长那会儿，新华那小子还在我的厂子当临时工。见了我不打招呼不说话。我呢，爱理不理的。谁叫他在校时学习那么好，总是班上的前五名，班上的漂亮女生总是围着他转。要不是他家穷的没钱供他上大学，他这会儿才不会给我当小工呢。我呢，有一个老爸是局长，考不上学，也不会没工作干。这不，干了三年，我老爸做了管工业的副县长，我就成了县酒厂的厂长。要不，我们当年的校花能给我当老婆？

哎！好汉不提当年勇。我现在是什么？是新华公司的一名后勤部长。你说我郁闷不郁闷？看着新华每天坐着大奔从公司现代、气派的大门出出进进，那个站在门口的保安把手举起来，放下去；放下去，举起来。我心里就狠狠地骂：狗！

今晚，我又喝醉了。

喝醉了，我破天荒没有打老婆。我笑，狂笑。我哈哈大笑过后，老婆跟着哈哈大笑。一个领笑，一个跟笑，男女合笑，很有节奏。直到十二点多，我们忽然都不笑了。

新华被检察院带走了。

奇怪的是，这一次我喝醉了，没有打老婆，老婆倒不高兴了。整天冷着个脸子，好像是我把她的心伤透了一样。

过了五年，我们又在一起喝酒。这一次，三个人，三瓶酒，都没醉。

打牌

吴教授退休后，就想回到老家安度晚年。自从有了这个念头，就吃饭不香，睡觉不稳，整天不开心，吊着个脸子，好像别人都得罪了他似的。老伴是个明白人，知道他的心事，劝他：“家里老人都不在了，孩子们都在城里，现如今回去，要啥没啥……”

吴教授就打断老伴的话说：“不是还有三间老屋嘛！”

老伴看他铁青的脸色，就没了言语。

春节过后，吴教授终于冲破同事、儿女挽留的网，携老伴搭乘长途汽车，经过十几个小时的颠簸回到了老家。

四十多年了，故乡在老教授的眼里还是这样亲切。那村前的池塘水还是那样绿，那棵老槐树还是威风不减当年，树下的碾盘人们还在用着，永远改变不了的是再熟悉不过的乡音。不同的是村里人大多不认识，房子大多变成了砖房或者贴漂亮瓷片的楼房。

简单收拾了三间土房，教授和老伴去给父母坟上烧纸。在袅袅的烟雾中，教授看着父母的合葬墓，在苍松翠柏中那么平和、静穆。他忽然明白了父母为什么不去大城市跟儿子住了。

门前的菜地是父母一直种着的。这几年荒芜了。教授就和老伴在地里松土，施肥，上街买了土豆种，种下了他们春天的希望。

教授就是教授，没事了，就于扫得干干净净的院坝里放一把竹椅，泡一壶茶，拿一部书，戴一副眼镜，有滋有味地逍遥。

时间长了，吴教授又不好受了。整天就是和老伴你看我，我看你，该说的话都说完了，该看的书都看厌了。

老伴说了：“出去转转吧，我看见生娃院里有几个老人打牌哩。”

教授也看见了，他何尝不想去呢？可是，可是……儿时的玩伴如今都进入暮年，这些人中就他学问最深，过的最好。当他在大城市的讲台上侃侃而谈的时候，他们却在面朝黄土背朝天地辛苦劳作。他们中有人在四十年中寻他办过事，借过钱。他有帮上的，也有没帮上的，他不知他们现在怎样看他？

前几天，见到生娃——他儿时最好的玩伴，他刚要伸手，生娃却把双手拢到后背，只冲他艰涩地一笑，说："您回来了"就匆匆走了。

教授一下子愣在了那里。

二月里，天气暖起来。生娃院坝的牌局仍然在。生娃、麻胡、根生、永娃……打牌的人骂骂咧咧，有时还动手抢牌。看的人就笑，就骂："老不死的，和小娃一样！"

就有人说："老小老小，老了就和小娃一样。"

又有人说："爷爷孙子没正经。"

打牌的人笑，看牌的人也笑。

这时候，看牌的"没耳朵"忽然说："看，教授一个人在那儿转呢。咱们叫他过来吧。"

生娃伸手摸了一张牌，头也没抬说："人家是教授，能看上和你打牌！"

麻胡也说"咱都是下苦人，没文化。人家是干部，大学教授……"

永娃就说："我看他也挺寂寞的，喊他来吧！"

"还寂寞呢，到底是中学老师呀。人家可是大学教授！"根生大呼小叫。

永娃也不管了人们的讥笑，径直走到教授面前，把他连拉带拽叫到了牌局上。

花花牌只有上了年纪的人会打。教授当然会。几圈下来，教授已不拘束了，和儿时的伙伴在一起争得面红耳赤。眼看天黑了，牌局还没有散的迹象。

教授的老伴来找他，说："我还以为你没了，原来在这儿呀！"

教授就很高兴，虽然输了六元钱。

教授也有不明白的时候。那就是，他赢了钱，说："算了。算了。"

人家就不高兴，说："咋？嫌钱少是不？农村不比城里。"

他输了钱，掏出的是整钱，说："不找了，不找了。"

人家就说："你钱多是不？我也不缺钱！"

教授就和这些一毛钱也争，一角钱都不多要的老玩童们玩的不知春夏秋冬。

来年春节，儿女孙子从西安赶回过年，都说教授年轻了十岁！

美子

祥云给炕洞里又填了一把火，就坐到炕沿上。祥云的手把美子额头上的几缕长发拨到耳后。美子睁开眼，瘦削的脸盘上绽出一朵快要凋零的花。"不要烧了，炕很热的。"美子的脸上写满苍白、写满无助。祥云的手伸进被子，握了美子同样瘦削的手，说："让你受苦了。你要是……"

"快别说了。我既然嫁了你，你走到那，我都和你在一起!"

美子的眼睛又闭上了。

从县城搬回老家的时候正是冬天。秦岭深处的村庄更是寒气逼人。雪花飘飘扬扬，村庄周围的山坡上，枝枝丫丫的树上挂满了雪花。呼啦啦的北风刮过，又落了一片梨花，漫山遍野。美子把头缩进猩红的棉袍里。冷是冷，但美子的心情很好。和心爱的人走在这富有野味的山地里看雪，也是一种享受啊。

美子爱吃大米、鸡蛋、大肉、豆腐、糖。可是，在这深山里，这一切是多么的不现实啊。带的东西吃完了，手头的银子也不多了。美子就开始跟婆婆学做包谷糊汤、擀面条。美子很聪明的，不长时间就做得和当地的妇女一模一样了；美子很要强的，也能很响地"吸溜吸溜"地喝糊汤，"吸溜吸溜"地吃面条了。

美子原来是一天洗一次澡的，现在不行了，热水不方便。祥云就劝她一天洗一次脚算了，隔一段时间洗一次澡。

美子做好饭，先端给公婆、丈夫、最后才给自己和孩子盛。

美子给祥云端饭、端水、递东西都是恭立、弯腰、低头、举案齐眉。祥云说："美子，以后不要这样了……"

美子已经能和村上的人一起上山下地、犁地、锄草了。

"妈……"大女儿秋玲一声呼唤，把美子从往事中唤醒。美子睁开眼，看着炕前站着的女儿，又绽放出一个很艰难的笑容。十九岁的女儿出脱得像田间地头的向日葵，高挑挑的身材，好看的脸模子。要是在……

一九五零年的春天，秋玲才刚刚学会走路，美子就随着丈夫祥云从东北回到洛州。那时候，人们都讲究一个“孝”字啊。祥云的父亲早不在了，母亲一人在家。接到母亲托人写的信后，祥云义无反顾地回老家了。美子和姨夫告别后，也踏上了南下的火车。坐火车、坐汽车、坐马车，当祥云一家三口安顿在县城西门口的完家巷时，邻里乡亲都来看稀奇。

“祥云的老婆是日本人呢。”

“日本鬼子啊?”

“嗬！别胡说。”

展现在人们面前的美子高贵、善良。人们完全把她和印象中的日本人联系不到一块儿。山里人的土话和美子蹩脚的汉语无法交流。美子就写字。美子写得最多的是毛主席万岁、共产党万岁！

二女儿春玲和小女儿凤玲的哭声又把美子吵醒了。美子的眼里充满忧郁。美子的手反过来握了祥云的手。美子说：“祥云，好好保重您的身体。孩子长大了，两国和好了，带孩子去见她们的外公、外婆、舅舅和小姨。”

祥云点点头，说：“美子，我会的。你要坚持，你没事的……”

美子不易察觉地摇了摇头。眼角涌出了泪水。祥云伸出手去，用手掌抹去了，美子的眼泪又涌出来……

和祥云认识的时候，美子才十九岁，正在长春上日本女子大学。美子本来叫池田美智子，1928 出生于日本广岛市安艺郡阪町上条街。美子十四岁时跟着姨父冲田熊大郎到中国长春生活。美子就叫冲田美智子了。姨夫是长春市建设厅土木建筑工程师。贾祥云在长春日侨管理处，每当给日侨讲话时，都给冲田熊大郎做翻译。贾祥云多次去冲田熊大郎家做客，见到冲田智美子美丽大方，礼貌待人，就十分倾心。冲田熊大郎感到祥云这个青年中尉军官，不吸烟、不赌博，举止文雅，一表人才，也就应允了他们的婚事。

美子的眼睛闭着。美子的脸上充满了幸福的表情。泛白的脸颊上似乎有了些许红潮。

“妈!”秋玲看到了母亲的变化，高兴地叫了一声。

祥云的心却一紧。

美子睁看眼，用目光抚摩了丈夫的全身，又抚摩了三个女儿的全身。美子张开口想说什么，但终于没有说出来。

祥云感觉到美子握他的手更紧了。

秋实

接到父亲电话的时候，是礼拜六。父亲在那头说，这两天抽时间回来帮我收包谷啊。庙门上那三分地的包谷地远。我说："礼拜一吧。这两天礼拜，人多。"

放下电话，妻子问，谁的电话？说着话，从对面童装店走过来。我边从童鞋店往外走，边说："爸的，让回去收包谷哩。"妻子说："礼拜天人多，正卖货呢。"我说："礼拜一回去。"妻子说："我想礼拜一进货呢！眼看到国庆节了，货不进回来，卖啥啊？"妻子的意思，等进货回来再说。我说："礼拜一进货，礼拜二要上货，礼拜三我看了天气预报，又是雨……这雨要是再下几天，包谷就要烂到地里了！"妻子说："早就说不让他们种地了，总是不听。"商量来商量去，只有第二天，也就是礼拜天回去。我说："反正这几天人也不多。"

第二天早上我要回家了，上职中的女儿趴在床上，喊："爸，我也要回去！"妻子说："回去干啥？在这儿还能帮我看门市。"女儿执意要回去，说："我都半年没见我爷我奶了。"

回到家，母亲正在蒸馍。一箧子黑馍刚刚弄好，还没有放到锅里。看到我回来，母亲很惊讶："咋今天回来了？"我说明天要去西安进货哩。母亲哦了一声，转换话题说："这是去年的麦子，收迟了，受了症，蒸出来的馍没筋丝。"母亲又说："放到那几年，这都是好馍了。那时候，蕃馍都是好东西，谁家有啊？都喝的是稀汤。"我说："就是的。有馍吃就好。琴喜欢吃这黑馍哩。"琴是我妻子的名字。母亲说："你们整天吃白馍吃腻了。"多年来，母亲总是舍不得把麦子一罗到底，她还是习惯分出白面和黑面，白面擀面和来了客人蒸馍吃，黑面自己蒸馍吃。

我问，我爸呢？母亲说："里屋烧火哩。"正说着话，父亲从里间走出来："回来了？不是礼拜天吗？"我还没说话，女儿抢着说："这几天人少。"我说："明天要去西安进货哩。今天回来抓紧把包谷收回来。"

母亲在家蒸馍，我和父亲、女儿拿了笼担，镰刀、镢头朝庙门上走。我问父亲："拿镢头干啥啊？"父亲说："你不知道路上的草有多深！"走出村子，翻过蜒岭，眼前是一片绿色的屏障。绿色的屏障一层层低下去，又一层层升上来，微风过处，像锦缎一样在蓝天白云下微微抖动，缠绵的、滑滑的，有伸出手触摸的冲动。心思一下子回到十几年、二十几年、三十几年前。三十几年前，我还是一个十岁左右的小学生，放了学，就来到眼前这一片热火朝天的农田基本建设工地上，帮大人修梯田；二十几年前，我还在这片土地上种麦子和包谷；十几年前，我就离开了这片土地，很多时候，眼前没有了这大片的绿色和它上空的蓝天白云。走到屏障的最低处，父亲指着眼前的一片平展展的包谷地说，这是我们村的白菜心啊！

父亲的包谷地（严格说是母亲的）在地角，三角形，三分多点。地里的包谷长势很好，熟透的包谷穗像一个个棒槌。我在前面用镰刀把包谷一片片砍倒，父亲和女儿在后边把包谷穗一个个扳下来。父亲嘱咐我，把地盘瞅好，不要把人家的包谷砍了。我说："没事。我看着。"正说着，父亲来到我跟前，父亲看了看我砍的包谷，又看了看邻家地里的包谷，父亲突然说："你看见地下落包谷穗了吗？"我说："是有一个，我放到包谷堆里了。"父亲说："赶紧找出来，给人家放到地里。"我这才看到邻家地里有一株包谷秆上面没有包谷穗，可能是什么时候什么原因掉下地了，因为下雨倒伏了，刚好掉在父亲的地里。我说："不就一穗包谷吗？"父亲说："一穗包谷也不容易……是人家的就是人家的！"父亲说着从包谷堆里找出那穗包谷，用包谷穗外边的包皮拧了绳，把包谷绑到那株包谷秆上。

好长时间不干农活了，加上我又赶着把活做完，手中的镰刀在我一阵紧似一阵的砍伐声中钝下来。眼看都 12 点了，包谷还没有砍完，我失去了耐性，不再把旁边坡上人家南瓜伸到父亲地里的秧子一一弄走，而是一刀砍断，有时候，连那正结果的秧子也不放过。不知什么时候，父亲又赶到了我身边。父亲黑了脸，默默地收拾那些瓜秧子。父亲憋了好久，还是说，庄稼人种点东西不容易。你……父亲说着，走到我前面，把前边地里的瓜秧子小心地弄走，放到坡上去。

看着父亲佝偻的身子，我的脸忽然就热热的。很羞愧。

吃中午饭的时候，我又一次说：“爸，妈，明年再不要种地了。我父亲已经八十岁了，母亲也是七十多岁的人。再说，我父亲一个月近三千块的工资还不够你们吃吗？”

父亲说不种了，不种了。母亲说，不种地弄啥啊？能动弹，就多少种点。再说，庙门上那片地多好啊，抓一把，一捏，流油哩。

麦 香

麦香从地里回到家时，堂屋坐着一个四十多岁的女人。看身上花里胡哨的衣服，头上卷毛狮子一样的头发，麦香就知道不是山里人。父亲说："麦香，快叫表姑!"

麦香低头叫了一声"表姑!"就要往自己的小屋走，被表姑伸手拦腰搂住了。

"五六年不见，这女子出落得花骨朵儿一般。真是女大十八变，越变越好看!"

麦香羞得满脸通红，挣脱了表姑的手，跑回自己的小屋，再也没出来。

表姑是来给麦香提亲的，说的家在山外。表姑说那地方在西安城边，平展展的，一眼望不到头，有白瓷片儿亮光光的楼房住，有白生生、软乎乎的白馍馍吃，更主要的那是村里光景过的最好的人家，一个儿子，长得白净，要个子有个子，要人样有人样，又不抽烟，又不喝酒，不打麻将不掷色子，听大人话，不惹是生非。真是打上灯笼都难找的好女婿。

父母一听就高兴了。

麦香不高兴。麦香心里有了相好的，麦香初中同班同学溪水。溪水也抽烟，也喝酒，但溪水喜欢麦香，溪水说要挣好多好多钱，盖砖房砖门楼，请县城的乐队娶麦香做媳妇。

麦香最后还是没有扭过父母，远嫁到山外。

过了门，麦香才知道那个表姑说的不抽烟、不喝酒、不打麻将不掷色子、白白净净的女婿原来有病。整天像霜打的茄子蔫蔫的。麦香的洞房花烛之夜也是匆匆收场。麦香那时小啊，麦香那时羞啊，麦香那时不知道啥呀！麦香就知道和年轻力壮的公公去地里干活。婆婆身体也不好，到地里打打杂，回家做饭。相安无事。就这样过了一年半载，公婆急了——麦香的肚子咋总不见变化啊？看到邻家和麦香一前一后进门的小媳妇挺着个大肚子在村里大摇大摆走动，像得胜的将军一样威风八面。公婆的脸色就不好看；见到谁家的小孩，公婆就一把抱到怀里，又是亲嘴，又是亲脸的。麦香的心里就酸酸的。

麦香开始和丈夫去西安城里各大医院求医问药了。大医院，专家都看过了，该打的针打了，该吃的药吃了，麦香的肚子还是鼓不起来。麦香又和丈夫找祖传名医，神神道道。穿大街，走小巷，寻巫婆，找神汉，什么虫，什么草都吃了，麦香的肚子就是不争气。麦香苦哇！麦香在夜里哭啊！麦香就想起了山里的家，就想起了那个说了要挣大钱娶她的溪水……

丈夫义摸着麦香的头，摸着麦香滑腻的身子，看着麦香失神的眼睛，说，麦香，我对不起你！说，麦香，我真的对不起你！说，麦香，你和我离了吧!？麦香没有说话，麦香的眼泪流下来，止不住，从眼窝不停地往外涌，从鼻子两边不停地往下流。义说，麦香，你哭吧！你哭出声，心里好受些。

麦香没有回山里，麦香被八百里秦川的麦香熏醉了！

又是一个夏季，又是一个火烧火燎的夏季。人的欲望膨胀着，把薄薄的衣服都要撑破了。麦香和公公在金色的麦浪里忙活着。麦香弯了腰，撅了臀，只顾用镰刀收割黄灿灿的麦子。麦香的上衣就卷起来了，在裤腰和上衣之间就露出了白花花的肉。麦香的屁股一扭一扭，麦香的奶子一颠一颠；公公的脸就一抽一抽，公公就丢了镰刀，公公就一下子抱住了麦香……

秋天里，麦香的肚子在不知不觉中涨大了。公婆的脸上乐开了花，公婆的嘴巴张开了就合拢不上，得，我家义病好了，我能抱上孙子了！麦香也笑，笑得不自然，笑得勉强。麦香生了双胞胎，两个儿子，道和德，公公起的名字。

麦香看着两个漂亮的儿子，心里不知是啥滋味。麦香常常想起那个如火如炙的夏天，想起风吹波起的麦田。想起身下的麦子欢快的叫声，想起飘入云端的感觉。公公在麦香面前咸咸淡淡地说，我们家有香火了。

一把屎，一把尿，一个冬天，一个夏天……孩子终于长大了。丈夫在她三十岁那年离开了她。麦香的心里只装着孩子。想着孩子的吃，想着孩子的喝，想着孩子的穿，想着孩子的念书……

麦香四十二岁上，大儿子道考上了西南交通大学。六十三岁的公公硬是把孩子送到四川。那个冬天，在婆婆去世后的第三年，公公也离世了，很满足，很安详。在公公下葬时，麦香哭得死去活来。乡亲们都夸麦香是少见的孝顺媳妇，只有麦香自己知道她心里的委屈和无奈——她是在哭自己的命苦哇！

鸟

大智常常挂在嘴上的一句话是：你是身在福中不知福哇！就连自己的父母、弟弟、妹妹也说她：大智是天下最好的男人了。又能挣钱，又对你好。你别总不知足……

是啊，是啊，大智是天下最好的男人。可我心里总觉得缺了些什么？唐羽不止一次地在心里这样说。

唐羽的坏心情是从遇到若愚开始的。若愚是唐羽二十年前认识的朋友。那时候，若愚还是个孩子，傻傻的，在杂志社举办的读书讲习会上见了谁都毕恭毕敬地称呼老师。唐羽没有想到二十年后再见若愚，若愚已是小有名气的作家了。唐羽心里酸酸的。往日眼里美满、幸福的生活好像一下子都变得那么陌生、令人生厌。

双休日，大智欢天喜地地说要带唐羽去花鸟市场玩. 唐羽的眼皮动也未动一下。

大智已在院子里擦车了，唐羽的衣服还没有穿好，她不知道是穿那条100多元买的米黄色长裤呢，还是穿那条紫色的300多元买的长裙好？唐羽心里突发奇想，要是若愚这会儿站在她面前，一定要问他，我穿哪个好一些？

大智已在催她了，你快点啊！儿子上学要迟到了！

春天里，大智说买一辆小车吧，我做生意方便，一家大小出门也方便。唐羽未说话，儿子就表态了，买！二比一，十多万元的小车就开回来了。村子里的人围了一层又一层，啧啧称赞，最多的一句话是，大智多有本事啊，唐羽跟了大智多有福气啊！

大智双手握了方向盘，嘴里叼了“好猫”烟，一副踌躇满志的神态。唐羽和儿子坐在后边。看到上着唐装马夹，下穿紫色长裙的唐羽，儿子夸张地大叫，哇噻！妈妈今天好漂亮哟！唐羽抬手在儿子头上轻拍一巴掌，少贫嘴，给我把习学好了！

来到花鸟市场已是十点多了。初夏的阳光从老槐树的枝枝叶叶间洒下来，给树下的人啊、鸟啊、花啊涂上一层色彩。大智和唐羽在花草间穿行，在鸟笼间徜徉。大智看鸟多，唐羽看花多。大智说，看这一对金丝雀多美啊，又漂亮又高贵。唐羽就抬头望过去，在一棵绿叶婆娑的大树下，挂着一个金黄色的鸟笼。笼子里有漂亮的小房子，有精巧的小盘子小碗，盘子里有黄亮亮的小米。小碗里有清冽冽的水。两只穿金戴银的富贵鸟正在悠闲地荡秋千呢。

唐羽冲那两只鸟儿“嘘”了一声，那两只鸟儿就飞起来，可惜有笼子，漂亮的翅膀在笼子上撞了一下，又合拢了，就跌到了笼子的底部。唐羽的心就一紧。正在这时，唐羽的手机“嘟”的一声，是若愚来的短信“告诉你一个好消息，我的小说入选年度微型小说了。”唐羽又惊又喜。回一个短信过去“祝贺你！也羡慕你！”

再往前走，走过月季、走过芍药、走过君子兰，唐羽真想坐下来歇歇，她已经没有一点儿买鸟的兴趣了。大智走在前面，冲唐羽喊一声，看！那儿有一对虎皮鹦鹉！唐羽没应声，她的心思乱乱的，跟了大智木木地走。

大智和鹦鹉的主人讨价还价，唐羽的目光却被不远处的两只鸽子吸引住了。那个很普通的铁笼子里，一对洁白羽毛的鸽子正睁了红红的眼睛望着唐羽。那眼神里有一种祈求，有一种渴望。唐羽读懂了，唐羽就走过去。

“这对鸽子我要！”唐羽也不问价钱，直截了当地提了鸟笼说。

大智在那边喊了：“唐羽，唐羽，你怎么了？不是说好了买鹦鹉的吗？”

大智还是走了过来，付了钱。唐羽的手就在鸽子的背上轻轻抚着。唐羽的心就平静了许多。

以后的日子里，唐羽每天的功课就是放飞鸽子。唐羽望着笼中的两只鸽子，不知它们是否真正相爱？每天看着鸽子飞向蓝天，她想，它们一定是寻找他们的爱人去了，这样想着，唐羽的心情就好极了。有时候，这样想着，唐羽的心情就坏极了。

难 看

狗剩能在园林所待下去，据说他后边有人。要不，像他那样难看的人就是到大街上扫垃圾也没人要。

其实，狗剩在园林所也就是个扫垃圾的角色，但他不扫，那些拿了扫把，穿了园林制服的男男女女悠闲地在仓颉大道、在灵龟广场、在雨竹轩把一片片树叶，一张张果皮纸屑从中间划到两边，在聚拢成堆就不管了。把这些归拢的垃圾收拾起来，在倒进垃圾桶的任务就是狗剩的。狗剩没有那身深蓝色的、像极了公安的园林制服。狗剩的穿着打扮永远就是一个偏远农村的老农。高大的身躯因为上衣的短而更显高大，两颗努力挣出嘴唇的门牙让他的嘴巴更大。

园林所的职工主要任务就是每天早上打扫仓颉园的卫生，等把整个园区都扫了个遍，任务也就完成了。该上街买菜的买菜，该回家洗衣服的洗衣服，该准备接孩子的就准备接孩子。这时候，唯一没下班的就是狗剩了。他右手拿着一个火钳，左手拿着一个用铁丝箍了口的蛇皮袋，走在绿化带的边缘，把那些花花草草中间的冷饮包装袋啊，饮料瓶啊，甚至摔碎的啤酒瓶碴一样一样夹上来。有时候，打扫工作刚结束，刮一场风，树下又落了几片叶子，狗剩就拿了扫帚去打扫。在仓颉园锻炼的人就问，人家都下班了，你咋不下班？狗剩回答，我没婆娘没娃，没啥事啊。

狗剩做了这么多的工作，狗剩这么勤勤恳恳地工作，年终评先进的时候他却没有份。那些穿了整齐的标志服，扎了红色领带的职工，在光荣榜里面带微笑看着狗剩羡慕的目光。

园林所新招了几个员工，有一个叫园园的小姑娘据说还是园林学校毕业的学生。这小姑娘的普通话说得很好听。她也和狗剩一样，在大家都下班后她不下班。她给来仓颉园游玩的人讲仓颉造字的传说故事，她还会站在仓颉造的二十八个字的石碑前，给游客一一解读那二十八个象形文字。在一圈一圈聚拢的人群里，狗剩的眼都瞪直了，喉结突出，嘴巴张大，连呼吸都急促起来。到园林所这么长时间，每天从这二十八字碑前走来走去，咋就不知道它还有这么多动人的故事呢？

狗剩对这个新来的小姑娘佩服得五体投地。

时间长了，园园对狗剩也起了好奇心。园园问狗剩："你来这么长时间了，咋没给你发制服啊？"

狗剩说："人家说我长的难看嘛。"

园园说："这不是理由啊！"

狗剩说："领导就是这么说，长得恁难看还穿制服哩。"

园园抬头看了看天，又抬头看了看身旁的狗剩，叹了口气。

春天里，仓颉园的太阳花还没有开，整个一个绿毯一样铺天盖地，绿毯上面那些各种各样的树上却开满了花。红的樱桃、粉的桃花、黄的迎春……灿烂如园林工人脸上的微笑。

是啊，市政协领导一行要来仓颉园观光指导工作了，园林所不行动起来行吗？早上提前一个小时上班，旮里旮旯都打扫得一尘不染，员工们都累坏了，特别是狗剩更是忙得满头是汗，用袖管一抹，像极了京剧里的大花脸。园园第一个笑出了声，大家都看着狗剩大笑起来。累是累了点，想想一会儿能和市里的领导合影，大家的心里还是很高兴。

领导一行来了后，园园就闲不下来了，一块文化石一个字，一个字就有一个故事；一个石头是一个龟，一个龟就是一个传说……合影的时候，园林工人像一片树林，领导就是那片树林里的一枝花。就在摄影师快要按动快门的时候，园园突然发现没见狗剩。她大喊一声："等一等！"

领导一愣，园林所的所长也一愣。园园说，咋不见狗剩呢？

领导把眼光就射向了园林所的所长，所长就把眼光射向了园园。园园没等所长说话，起身就去值班室找狗剩去了。

"你咋不去照相？"

"领导说我长得恁难看，还照啥相哩？"

"你走！照相去！"

“我不！我长得难看，又没有衣服，去了丢领导的人哩！”

那张合影里，园园的脸上没有一点笑容。爸爸问她：“怎么了？不高兴？”园园说：“心里难受。”园园把狗剩的故事给爸爸讲了。爸爸的脸色也凝重起来，然后点了点头。

园园知道爸爸点了头，狗剩就不会因为难看而没有制服穿了，也许明天，狗剩就会有一身合体的蓝色制服。园园似乎看到狗剩穿上制服的样子和他开心的笑容。

第二天，当园园要把这个好消息告诉狗剩时却再也找不到狗剩了——同组的姐妹告诉她，狗剩走了，听他说要到山外打工去。

谋杀

多年以后，当我也有了这个可怕的想法时，我才知道，当年我奶奶可能就是那场谋杀的主谋。

我奶奶嫁给我爷爷的第二年生下我母亲。在我奶奶抱着我母亲独自垂泪时，我爷爷说，日子还长着哩，愁啥？只要田好，撒了种子就会有收获的。可长着的日子里我奶奶再也没有解怀，直到我母亲该谈婚论嫁了，我奶奶才死了心。

我父亲倒插门进了我家的第一天，我奶奶就说了，将来生了孩子要跟我母亲的姓。

我母亲也是结婚后的第二年有了我，我母亲也是抱了我独自垂泪。我母亲知道，现在就是她想生，国家政策也不允许。到了第四个年头，我母亲的二胎准生证在求人送礼后终于弄到了手。谢天谢地，我母亲的肚子这回很争气，她生下的是个带把的。我奶奶逢人就喜欢得合不拢嘴，说孙子的脸盘子有多圆，眼睛有多大，那一对耳朵啊，是招风耳呢！看着就是福相。

我奶奶给我弟弟起的名字叫富贵。

富贵在我母亲和我奶奶的怀抱中成长着，不像我小时候，常常被母亲扔到我爷爷做的木头小车里，或者放在田间地头自己爬。也许是在我奶奶和我母亲怀里抱久了，富贵长到一岁时，还不会说话，不会走路。我爷爷就急了，说我奶奶，都是你惯的。整天抱在怀里。让他慢慢学着走啊！我奶奶说："吉人自有天相。你没听人说大器晚成嘛?!"

我爷爷就没了言语。

富贵长到一岁半的时候，还是不会说话，也站不起来。我母亲就着急了。我父亲和我母亲把孩子领到村医疗站，赤脚医生用冰凉的镊子按了富贵的舌头，又用左手拇指和食指翻了富贵的眼皮，说："我给弄几服中药喝喝看。"

富贵喝我奶奶熬的中药和吃我奶奶给他喂的饭一样，勺子进嘴了，就囫囵囵吞下去，没有欢乐没有痛苦。我奶奶就说："这孩子，啥时候开窍啊？"

我奶奶暗暗把北山里的神汉请到家里，烧了香，跳了神，捉了鬼。富贵披了大红布，像木偶一样任神汉摆布。神汉把我爷爷给的钱揣进口袋时说，不出三天孩子就能说话了，不出一月，孩子就能站立了。

我母亲偷偷去了南山，上了香，焚了表，虔诚地跪在那三间破土屋里，面对高高在上，香烟缭绕的三尊大仙，默默祈求神仙慈悲，救儿子一命。

我父亲最终还是把儿子领到县医院，可医生的诊断和药物还是不能让富贵站起来。

我父亲对治疗儿子的病失去了信心。我父亲把这一切的因果都怪罪到老宅的风水上。他拼了命地去河里挖石头、筛沙子，拼了命地去山里买椽、买檩。我父亲的三间土木结构的新房盖起来后，我和我父母就住到了新房。我奶奶和富贵住在老宅。

我奶奶坐在门前哭天喊地的那天早上，有一只乌鸦站在老宅灰色的屋顶上"哇——哇——"地叫。我奶奶用布满青筋的双手抹一把眼泪，长号一声，整个吴洼村的人都能听到我奶奶悲痛的哭声。我也看到我母亲扑在我奶奶的炕上哭得昏天黑地。我还没弄明白发生了什么事，就被父亲提了胳膊像老鹰抓小鸡一样拉到院里。从围观人的嘴里，我才知道我的弟弟，那个叫富贵的弟弟昨天晚上死了，据说是被子没盖好，捂死的。

我奶奶后来说，她一觉醒来，发现富贵已经没气了。富贵是被我爷爷在一个太阳落山的傍晚卷了张破席子埋到野鸡岭的。没有人追究富贵的死因。村里人都说，人的命，天注定。这孩子死了倒不受罪了。

我至今都弄不明白，我母亲生了二胎后做了绝育手术，后来咋又怀上了孩子？就在富贵离开我们的第二年，我又奇迹般地有了一个弟弟 。一个很健康、很聪明的弟弟。

转眼间，我已是为人母的人了，可我的孩子……孩子和当年我那个逝去的弟弟是一样的病症。当我被他的病折腾得筋疲力尽时，我忽然有了那个可怕的想法。就在我有了这个可怕的想法后，我脑子里忽然就想到了二十多年前奶奶的哭声。我才知道，当年我奶奶可能就是那场谋杀的凶手。

何师的骄傲

何师来到我们家的时候，人力三轮车上拉来一个土黄色的气泵和一只看不清颜色的木箱。高个子，瘦，黑脸，看样子有五十多岁了。我问他，就你一个人啊？他说，咋会呢?！人一会儿就来。可是一直到我们去装饰材料部买回材料，找苦力把材料搬上楼，他说的那个人还没有见面。

我这个房子不大，七十多平方。原来简装过的，这次要不是发生火灾，也不会重新装修。何师是木工，他的主要工作就是在我的卧室和孩子的卧室打两个衣柜，包四个窗子和五个门框。我说："何师，找一个人吧？你一个人太慢……紧张了。"他说："说好的，还有一个人来，他家里最近有点事，走不开。"我就把门市部交给爱人，和何师一起干。扶个凳子，拉个墨线，取个工具。

这一天，女儿把茶水端上来，叫了声，大伯，你们喝水。女儿走了，何师问我，女儿上几年级？我说，今年就要上大学了。他说，看不出，看着还小呢。我一笑，快二十了，就是个子不高。随口问他，你几个孩子？都交代过了吧？何师顿了一下，脸上充满了笑容。我啊，两个儿子，一个女儿。女儿已经出嫁了，在我们镇上。女婿是个教书的。大儿子在北京上班，说了个媳妇是北京的，很乖，很听话。二儿子呢，在西安上班。大盖帽呢。我"哦"了一声，很为何师高兴。我说，何师，这么大年龄了，孩子们能行了，自己就该"退休"了。何师说，是啊！是啊！我儿子也这么说。他说，爸，我在北京一个月工资三四千，媳妇也有工资，你就不要再出去做活了。身子要紧。听到身子要紧这句话，我才注意到何师时不时地用手捶腰。有时候疼得直不起身子。我说，你慢慢来，注意身子。他说，不碍事。做了一辈子活，落下的毛病。

何师的话很少，但一说到孩子，他的眼睛就发亮，黑红的脸色也活泛起来。从他的口里我知道他有两个能干的儿子。大儿子在北京一家酒店当餐饮部经理，管着好几十人。在何师的描述里，我仿佛看到一个高个子、胖、白衬衣、名牌西服、红色领带的年轻人，精神、有朝气。二儿子在西安一家工厂做保安，何师说他是保安队长哩，也是手下有人的人。我就问，二儿子有对象了吗？他说，正谈哩，妈的，又是西安市女子。照片寄回来了，特乖的一个女娃，像画上的一样。这龟儿子，怕又要在西安不回来了！我看到何师嘴上说着气话，脸上明显的是高兴、满足、骄傲的表情。我说，这样好啊！西安那地儿比咱们这儿好多了。

有一天收工时，何师对我说，老吴（我说过多少次，不要喊我老吴，就叫我名字得了，他就是不听。说，这是对人的尊重。师傅教的），不好意思，我明天不能来了，孙子过满月，我要回去一趟。我说你去吧？脑子忽然一转，你不是说孩子在北京吗？他一愣，随即说，过了年才回来的。媳妇要坐月子呢。我就想着什么时候能见到何师的儿子，看看这个有出息的孩子。

我知道，我们这儿做父母的负担都重，供给儿子读书，给儿子娶媳妇，给孙子过满月、直到孙子周岁，请来亲戚邻友热热闹闹给孙子过了生日，这才算是把儿子交代过了。不像南方人，孩子十四五岁就自己出去谋生活。

何师再来时，神情明显落寞了。我问他，孙子乖不乖？他说，乖。我又问，儿子还没走吧？他说，没有。我又开玩笑说，是儿子不放心你吧？他说不放心。忽然一愣，苦笑一下，没有的事。往后的日子，何师只埋头做活，好像这些材料和他有仇似的，叮叮当当的只顾捶打。我看着他的沉默，心里也不好受，几次试图拿他儿子说事，都被他无言拒绝了。何师一定遇到了不开心的事。他不说，我也不好明问。

过了十天，家具做得差不多了。这天，何师领着一个矮他半头的人来。何师说，我对漆过敏，找个帮手。我给那人递了一支烟。何师说，我兄弟，叫他何师就成。这个何师来了，进度明显就快了。只两天，收尾工作结束。第三天，何师没有来。新来的何师带了一个年轻人来给家具刷漆。刷漆结束，在喝茶聊天的时候，我终于把心中的疑虑说出来，我说，何师回了一趟家，给孙子过个满月，咋还不高兴了？咋回事？这个何师惊讶地说，什么，过满月？何师儿子都没对象啊？我说，不可能吧？他儿子不是在北京当经理吗？

边上的小伙子就笑。甭听他胡说。他儿子在看守所呢！我一惊，不可能吧？那他二儿子呢？在西安当保安队长的。何师说，没有的事。两个儿子出门打工，年终包工头没给工钱，一不小心，把人给打残了。两个人现在都在看守所呢。老何四处花钱、求人还没有个结果。

一时间，我们都沉默了。一地的烟头，像打了败仗的残兵败将。

虚拟谋杀

张三对李四说，我早听过你的威名了，做事干净利落，不留痕迹。这一次我出五万，你要保证在一个月内让这个人在这个世界上消失。又要做得天衣无缝，让警察确认他是意外死亡。

张三说完这句话，就把一个文件袋交给李四。这是这个人的全部资料和一万元定金。事成之后，再付两万，等这个事情平安过去，付你全部酬金。李四这两天手头正紧，毕竟他干的活不是正常的活，生意没有那么火暴。现在有这一宗大买卖，喜在心头，却不露声色。他只说了一句话，等我的消息吧！

夜，已经很深了。这是一个伸手不见五指的夜晚。天上连一颗星星也没有出现。远处不时传来几声不知名的夜鸟的哀鸣。这样的夜晚，走夜路的人头发肯定要竖起来。但对于李四来说，这样的夜，正是做活的好时机。穿着夜行衣的李四，像猫一样“嗖嗖嗖”就攀上了青砖砌的高大的院墙。紧挨着院墙正好有一棵白杨树，李四又“哧溜”一下滑到院子里。院子里停着那辆白色的小轿车。

李四抬头向二楼望去，二楼东边那个窗户没有一点灯光，整个房子及周围甚至连一点声音都没有。这树，这房间，这放车的位置，李四已经是观察了半个月了。一切都不会错的。

李四窃喜。他从夜行袋里掏出专用工具，三下五除二就搞定了。谁也不会想到，一个生命将要从这个世界上消失，而且是很正常的意外的消失。

天亮了。北方十月的天气已经很冷。男人刷了牙，洗了把脸，吃过妻子做的早餐，穿了外套就钻进了车门。女人走到车门跟前，男人摇下玻璃，说，回去，给孩子把饭做好，把家照顾好！女人说，天气变了，就不去了，好吗?? 男人说，哪能呢，和人家说好了。生意场上就讲个诚信。女人用双手搂过男人的头，用自己的脸在男人的胡须上蹭了蹭，她感到男人的脸冷冰冰的。女人就有些心疼。男人伸出右手，拍拍女人染成棕色头发的脑袋，柔声说，回去吧，没事！不就是一两天的事。我很快就会回来的。

在西南高速公路上，一辆白色的小轿车在急驰。在它的身后200米处，一辆黑色的桑塔纳也始终保持着这个距离在急驰。两个小时后，白色小轿车下了高速公路，拐上了通往山区的三级公路。坐在黑色车里的高高瘦瘦的男人嘴角露出了不易察觉的笑意。

汽车终于翻过了山顶，开始下山。这个下山公路是S形的。坡陡弯急，稍不注意，就有车毁人亡的悲剧上演。万丈深渊里常常可以见到摔得面目全非的挂着外地牌照的车辆。就在黑色车里的男人嘴角露出笑容不久，那辆白色的小轿车像一个喝醉了酒的醉汉，东倒西歪，不由自主地向深不见底的沟壑里冲去。

黑色轿车在200米之外停下来。那个穿黑色衣服，戴黑色宽边墨镜，瘦而高的男人走到悬崖边，看着起火的白色小轿车，终于露出了笑容。

张三讲到这儿，看着怀里的女人说，怎么样，我的杰作不错吧！

女人没有应声。女人的头低着。女人瘦削的双肩抽动着。

张三说，你怎么了？张三说你怎么了时，用双手把女人染成棕色头发的脑袋扳起来。张三看见女人已是泪流满面。女人的眼圈红红的。女人的脸色煞白煞白。女人的嘴唇咬出了牙印，渗出了血色。张三慌了，他用双手拍打着女人的脸，你怎么了？我只是给你讲一个故事啊？我只是一个假设啊？

女人没有说一句话。女人从张三的怀里挣脱出来。女人说，我恨你！算我认错了人！女人义无反顾地走了。

第六辑

校园

父亲的大学梦 / 撵走和撵不走的

1983年的雨鞋 / 一里一里的阳光

给我一次机会好吗 / 早落的树叶

孤独 / 君子姑娘

父亲的大学梦

挡捞来到建筑工地的时候已经是近五十岁的人了。工头说，这么大年龄的人我们不要，况且是小工。挡捞当下就给工头跪下了，说，您就留下我吧，我能担能挑的。再重的苦我都能下！领挡捞来的喜民也给工头说好话，他是我们村里的“气死牛”的，有的是力气，就留下吧。工头勉强点了头。

挡捞就成了我们的工友，挑砖，和灰，拉沙……苦活累活他都抢着干，从来没有说一个累字。挡捞不抽烟，不喝酒，工资一发下来，就和喜民去邮局汇走了。我们就取笑他是“妻管严”。他憨厚地冲我们这些愣头青笑笑，不说话。和他在一起的喜民说，他那是“妻管严”啊，他是老黄牛！他累死累活挣的钱都寄给上大学的儿子了。

我们才知道这个黑瘦的挡捞原来有个上大学的儿子，就都羡慕他的命好。

歇工的时候，工棚里的人打扑克、下象棋、谝闲传，挡捞蹲在一边看照片，三张，一张是全家福，一张是儿子的，一张是女儿的。两个孩子都长得白白净净，聪明伶俐。挡捞看着看着就笑出了声，工友就喊，挡捞，想老婆了？挡捞说，不是，想孩子呢！儿子快毕业了，女儿也要考大学哩！问话的工友就说，你肯定女儿能考上大学吗？

能哩！我女儿聪明着哩！

挡捞说他爷爷是文盲，他父亲上的是扫盲班不识几个字的，他小学没上完就回家种地了。都是吃了没文化的亏，这才一辈子下死苦哩！村里人盖楼房哩买车哩，就他一个人供给娃念书哩。娃念书是正事啊！我们就说，是啊是啊，等孩子毕业了，有工作了，你就享福了！挡捞憨憨地笑，说，就盼着那一天哩，现在苦些累些也没啥！

谁也没有想到，挡捞的儿子却出了事。那天晚上正加班，喜民的手机响了，原来是挡捞儿子上学的那个城市派出所打来的。挡捞的儿子在酒店喝酒和人打架，把人打伤住院了。挡捞求工头结了工资，请了假，第二天早上就坐车去了儿子所在的城市。

挡捞出现在工地的时候已经是半个月以后了。他明显地黑了，瘦了，胡子更长，头发更白，话更少了。我们后来才知道，他儿子大学毕业找不到工作心情不好去酒店喝酒，喝多了，就哭就笑就和劝他的酒店服务员吵起来……

歇工的时候，挡捞总是自言自语，大学生咋就不分配呢？上大学咋就不分配呢？我们就劝挡捞，现在上大学不分配，工作难找，还不如叫孩子早早出来打工。打工苦是苦，但实受，好好做几年，挣了钱，娶了媳妇盖了房，这辈子也就过去了。挡捞不做声，仍然低着头说他的活。

秋天里，挡捞卷了铺盖回家。满脸是落魄的表情。工头说，挡捞，什么时候想来了你就来。工地上就要你这号实受人哩！工头说，儿子是挡捞的希望，他的希望破灭了，心也就老了。

我们都以为再也见不到挡捞了，没想到，麦子刚刚种上，挡捞就又来到了工地。这次来的不是他一个人，他把自己的女人也叫来了。工头说，挡捞，你女人能干啥啊？你真是胡搞！挡捞说，好我的工头哩，我女人结实着哩！家里三四亩地都是她侍弄的。我不在家，里里外外她一人经管的好好的。工头说，这是建筑工地，不是在家里。挡捞就说，她第一个月不要工资，做着看。行了，你留，不行了，让她走！工头也是个善良人，就留了挡捞的女人去伙房帮忙做饭。

挡捞，咋又来了？

工头走了，我们问挡捞。挡捞说，我女儿考上大学了。延安大学！我们就说，你儿子不是也考上大学了，有啥用。挡捞说，那不一样。我女儿考的是艺术生。艺术生，懂吗？就是画画哩，将来当画家的。

我们就都说，祝贺祝贺！挡捞有个当画家的女儿啊！

挡捞说，儿子上了四年大学，把他一辈子的积蓄花完了。这不，女儿上大学，学艺术的，花钱就更多。他就和女人都出来打工了。

挡捞还告诉我们，儿子已经去深圳打工了，在一家酒店上班。工资还不低。我们一边祝贺，一边在心里说，看看，上了大学还不是照样打工。挡捞好像看穿了我们的心，说，上大学和不上大学就是不一样。儿子学的是酒店管理，现在工资两千多，听说以后还要涨。

我们就都说不出话。

撵走和撵不走的

财旺下决心要把杨德意撵走，想尽一切办法。

给财旺出主意的是多宝。多宝说，财旺，不把杨德意撵走，你这网吧就开不成。多宝说完这句话，颠倒面前的啤酒瓶“咕咚、咕咚”灌了两口。财旺也灌了两口酒，说，咋撵？那个黑不溜秋的老头。多宝说，兵书上不是说先礼后兵嘛，咱也给他来个先礼后兵。

财旺把网吧开到这个距县城80公里的乡政府所在地，就是看好这个地方有个初级中学。乡医院、信用社、初级中学都在乡里的一条土街上。这里一年就一个集日，在腊月的二十三。平时街上很少有熙熙攘攘的人流。街道两边开了几家服装店、几家杂货店，也是要死不活的样子。唯一有点现代气息的是有一家打字复印部，承揽了乡政府、学校等部门的资料打印、复印业务。财旺是在那年的腊月二十三日逢集时来到这个地方的。财旺在街上转了个圈，就看到在这个街上开家网吧绝对赚钱。财旺的表兄就在县城开了个网吧，白天黑夜上网的人都是满满当当。仅仅一年，表兄就赚了个盆溢钵满。

财旺办好了各种手续，在土街租了房，搞装修、拉电脑、挂网线……不到半个月就开张了。财旺的生意确实如他所料，那些学校的学生三五成群地来网吧看稀奇，试探着上网，慢慢的，夜夜有上通宵的学生。土街山高皇帝远，财旺的网吧没有人来管，花花绿绿的票子就不分昼夜地进了财旺的口袋。生意好了，财旺雇了两个辍学的小姑娘坐吧台，自己在网吧门口支一张桌子，撑一顶遮阳伞，安一把椅子，端一壶茶，优哉游哉做起了跷二郎腿的老板。

财旺的桌子上总摆一副象棋，有兴趣的闲人就坐在财旺的对面，不管认识不认识，隔了楚河汉界就厮杀起来。财旺好这一手。来者多败北而走。这天，财旺的对面坐了一个又瘦又矮的老头，脸乌黑，就是那双眼睛像鹰一样犀利。老头只看了财旺一眼，财旺心里就不由打了个寒战。老头也不说话，捉了红子，说一句，你先。财旺说，你是客，你先。老头也不谦让，先走一步。这场棋下了个天翻地覆，从早上到傍晚还分不出胜负。财旺没有想到在这个偏远的土街上还能遇到这样的高人。他是想赢赢不了，想输也输不利索。夜色笼罩，网吧门前的红灯亮起来。财旺喊那两个女服务员的名字，喊了半天，一个也没出来。财旺骂骂咧咧地走进网吧，这才看到整个网吧里一个人也没有。再看吧台后面，那两个女服务员也不见了。

财旺走出网吧，老头已起身离去。远远的路灯光下，老头瘦小的身影在街面上却拉得很是高大。

财旺找来了多宝。多宝说我知道为啥了。都是杨德意惹的祸。多宝说只需如此如此。

财旺听了多宝的话，通过多宝找到老头的熟人，通过熟人约了老头到土街最高档的酒店喝酒。老头走进酒店的时候，看见财旺，眼睛一亮，嘴角露出一丝不易察觉的微笑。老头说，我先上趟厕所。老头再进来时从容多了，敬酒就喝，敬烟就抽。不管桌子上的人说什么话，老头都“唔唔”地答应着——原因是老头的嘴里总有东西在囫囵着。财旺起身去结账，吧台服务生说，有个黑瘦的老头已经结了。

财旺面前的桌子上已没有了象棋，但老头还来，还是坐在财旺的对面。老头对财旺说，讨一杯淡茶喝。一杯茶喝淡了，老头就抽烟，很劣质的烟。老头咳嗽的时候，财旺莫名其妙地想起父亲。但财旺想到他网吧没有生意，就恨不得骂这个人是龟孙子。

必须把这个人撵走！财旺下了最大的决心。敬酒不吃吃罚酒！多宝说。财旺对多宝说，这件事你来办。给他点厉害，但又不能闯祸。多宝说，我知道。你放心。

第二天，老头拖着一条跛腿还是坐到了财旺的面前。老头看了财旺一眼，鹰一样的眼神。老头说，取棋吧。今天让你输个痛快！老头说完这句话，又剧烈地咳嗽起来，头上短短的白发在冬日里的阳光下剧烈地抖动着。财旺的心里又莫名其妙地痛。他又想起了父亲。

财旺转身拿出象棋，说，杨校长，我服了你！下完这盘棋，我就走。连网吧一起走。

1983年的雨鞋

1983年的秋天，咋就那么阴雨连绵？校园里那几棵歪脖子柳树下落满了衰败的叶子。鹅卵石铺就的甬道上也满是泥浆翻滚。土墙灰瓦的教室台阶上沾满了从鞋子上刮下来的污泥。

那个秋天，我脚上常常套着的是一双黑色的橡胶雨鞋。这种鞋现在已经很少见，或许已经绝迹了。他的材料就是今天的橡胶雨靴，但没有雨靴那样高的筒，就是和普通的解放鞋一样高低的鞋面。这种雨鞋是给没有足够的钱买雨靴的人准备的，就如今天的廉价房一样，是给穷人的生活必需品。这种鞋，雨大了防不了水，也挡不了泥，天晴了穿在脚上不透气，捂得脚臭。

往往，我从家里往学校走的时候下雨，我就很不情愿很无奈地穿上那双雨鞋。和我结伴去学校的是正芳，我们村里唯一姓韩的一个女生。她上初三，我上高一。我们俩的教室都在学校的后院，我的教室是第二排最西边的教室，她的教室是第三排最西边的教室，坐在教室里，透过窗子玻璃就可以看见对方。正芳不止一次对我说，不要穿你那双雨鞋了。我知道她是好心，我答应她不穿雨鞋穿的就是那双黄胶鞋——洗得发白的胶鞋，除此就是我母亲做的布鞋了。在上高中之前，我一直穿母亲家做的布鞋。暑假结束，我成了村里唯一考上高中的学生，从八里外的公社来到镇上读书，我就再也不穿母亲的布鞋了。

但从供销社买的胶鞋和雨鞋同样没有给我带来自尊和荣耀，更多的还是屈辱。

屈辱是正芳给我带来的，但我不会怪她。正芳班里的三个女生因为正芳知道了我，认识了我，虽然我从来没有和他们说过话。那三个女生是我们学校穿得最时髦，打扮得最漂亮的女生，听正芳说，为首那个是供销社主任的女儿，另外两个女生一个是镇上医院医生的，一个是学校老师的。这三个女生每次见到我和正芳来到学校就高声喊：“雨鞋……雨鞋……”，然后就不怀好意的笑。我的脸一刹那间就红到脖子根，正芳就骂她们不是东西。

那时候，老师在班会上强调纪律时，总不忘加上一句，严禁给同学起外号。而我的外号“雨鞋”不是我们班上的同学起的，老师没办法，我也没办法。每次远远地看见那三个不怀好意的女生望过来的眼光，我穿雨鞋的脚就不知该给哪儿搁，我恨不得地下有个缝，忽然就钻进去无影无踪。可我知道，我只要还在这个学校读书就永远也远离不了她们。就是在我没穿雨鞋的日子里，那三个卖烧馍不离笼拌的女生也会远远地喊“雨鞋……雨鞋……”

我曾经给母亲说了不下十次，我不穿那双雨鞋了，给我买双雨靴吧！可每次我的愿望都在母亲的叹息声里化为乌有。我知道，我上面还有两个哥哥，一个要盖房，一个要结婚，我父亲每个月五六十块钱的工资买黑市粮都紧巴呢。

那个秋天的最后一个礼拜，我不顾母亲的劝阻，执拗的没有去上学。因为这个礼拜老天的脸总阴着，天空中的雨丝总也没有断过。正芳一次次给我捎来老师的话，让我快快去学校上课，都被我无言地拒绝了。在外教书的父亲礼拜六回家，从我母亲和正芳嘴里知道我没有去学校的真正原因后，破天荒没有骂我。我父亲把他的大手放在我的头上摩挲着，没有说一句话。

第二天的礼拜天，我父亲早早去了镇上，他找到了供销社的主任。我父亲掏出他一个礼拜的工资买的纸烟递给没拿正眼看他的主任。我父亲说，我今天就用这买粮食的钱给孩子买一双雨靴。你知道，这样，我们一家半个月就要吃稀饭了。可是，孩子上学要紧呐！……孩子大了，有脸了……算我求你，你给你的女儿说一声，再不要喊我的孩子“雨鞋”了，好吗？……算我求你……

我父亲同样的烟递了三个人，同样的话说给三个人，三个人都被我父亲感动得连连点头。

后来三年的高中学习中，再也没有人喊我的外号了。当我奇怪地问正芳这是为什么时，正芳告诉了我这中间的秘密。她说，那三个女生不让她告诉我的。她们说，我父亲是这个世界上最伟大的父亲。

一里一里的阳光

少年抬起头，太阳正从屋后的山岔岔里蹿上来，红彤彤的脸盘子有奶奶和面的盆那样大。一缕一缕的阳光金灿灿地从那些柏树啊、松树的缝隙里射出来，照在院坝的石碾上，照在房前屋后的竹篱笆上。

少年眯了眼，望了太阳一眼，义无反顾地扛了屋檐下靠着的那根一丈长，两扎粗的松木椽——那是昨天下午从屋后自留山上放倒的。少年的心里有一个秘密，他没有告诉奶奶，也没有告诉任何人。

少年穿一件草绿色军便服，蓝咔叽布裤子膝盖和屁股都打了四个圆圆的补丁——那是奶奶的杰作。少年的脚上是露出两个大拇脚趾的手工布鞋——那是奶奶在煤油灯下一针一线缝制的。少年的母亲在少年三岁时就离开他去了另一个世界，父亲在百十里外的乡村中学教书，少年和奶奶相依为命。少年肩上那根椽起先并不是很重，那根椽刚刚放到少年肩上时，少年竟然在心里笑了，笑意不易察觉地漾到了嘴唇，我完全能扛动嘛，奶奶也是，竟说我扛不动的。

少年走了一里地，过了清冽冽的小河，那柔柔的水从小腿上滑过的感觉像小鱼的嘴啃了一下，痒痒的，很舒服。少年抬头看了一下太阳，太阳离开山顶也一里地了。少年在心里说，太阳公公和我赛跑呢。阳光照在少年的身上，少年的浑身就暖暖的、热热的，少年觉得肩上的椽也热了，也沉了，就往前把身子一倾，随势把椽堆在地下，两手扶了，靠在肩膀上歇了脚。就这样，少年走一里地，就歇一次脚，走一里地，就抬头看一眼太阳，走一里地，阳光就在少年的额头上、脊梁上涂上湿漉漉的汗水。

少年和他的椽终于走到了离家十里的河口。河口是东河和西河的交汇处。两股清凉凉的河水在这儿汇合后又不知疲倦地随山跟蜿蜒向东，翻着波浪流五里地汇入丹江河的支流古月河。河口是山和塬的交界。塬上的人要盖房子就到这儿来买檩、买椽；山里的人要把木料换成粮食就要把椽啊檩啊等木料着扛到这儿来卖。这样河口就成了自发的木料市场。少年的椽买主给一块钱。少年在心里算了不知几遍账，知道这一元钱实现不了他的梦，少年就很沮丧。一个好心的买主对少年说，孩子，你如果再走十里，上了药籽岭，这根椽就能卖到一块两毛钱！少年冲那个人笑了笑，说，叔，你是个好人！

少年咬了咬牙，扛起越来越重的椽又上路了。这时候，太阳正上了头顶，阳光端端正正地从头上泻下来，少年的浑身热，少年的心里却亮。少年走在哗哗流动的河水边，心里也像这小河的流水一样欢快和幸福。

一里一里的阳光，小河感觉到了，金色的阳光在水面上一闪一闪，随着小河前往大河大江大海奔去；金色的阳光也洒在少年的身上，少年甩开袖子抹了一把头上的汗，抖落了阳光的珠子。少年又走了十里，上了药籽岭，少年累得一屁股坐在岭上的石头上。少年去农渠里喝饱了黄亮亮带着初夏泥土气息的水。那根椽果然多卖了两毛钱。少年把一块二毛钱攥在手心里，嗷嗷地叫，向着远方的大山。那是喊给奶奶听的。我赢了！

少年又抬头看了看天。天是那样的蓝，蓝蓝的天上飘着小绵羊一样的白云。少年这回没看阳光，知道阳光还在他身上取暖。少年不理它，径直去了十五里外的镇上。少年走进供销社，少年走到放着小人书的柜台，少年早想得到《地道战》《地雷战》《平原游击队》《小兵张嘎》等小人书了。少年把钱递给售货员，少年说出了小人书的名字。售货员抱歉地说，刚刚卖完。少年的眼泪就不争气地涌出来。少年说我是扛了一根椽走了三十五里地来买书的。少年的身旁站着一个大姐姐，她的手中正拿着那几本少年梦寐以求的书。少年的眼里就充满惋惜和渴望。那个大姐姐看到少年的眼神，说，小弟弟，这是我给我的小弟买的，你先拿着吧。我明天再买。少年说，大姐姐，谢谢你，你可真是个好人呐！

现在，少年的手里还有一角钱，少年走到烧馍炉子前，他要买两个烧饼，那是给奶奶的。

少年走在回家的路上，西斜的阳光一里一里地送着少年往回走。少年的腰杆挺得笔直，像个得胜的将军。少年往前跑了一里地，在路上挖了一个坑，埋了一个圆溜溜的石头，少年喊地雷战开始了；少年从路边折了两个树枝，很像手枪，少年很威风地左右开弓，大喊，李向阳来了……

1983 年的阳光，一里一里地照在少年的肩上，少年的肩从此硬硬的，从北方到南方，一里一里的阳光照在他的肩上。少年就成长成一个成功的商人，他常常给他的员工讲这个一里一里的阳光的故事。他说，成功其实很简单——那就是行动！快乐地行动！

给我一次机会好吗

那天上午十点钟，局里刑侦科送来四个十五六岁的男孩子，说是犯的抢劫罪。办理完手续，那个叫贺勇的孩子放在了我管的号子。

第二天，我给贺勇办理看守所档案登记。我开了沉重的血红色铁门，见那孩子正蹲在厕所那儿用抹布擦地板。头铺和二铺那两人在抽烟，余下的人一堆儿在打扑克，一堆儿在下象棋。

“贺勇，出来！”

贺勇站起来，手里的抹布还在滴着水。他睁着惊慌的眼睛看了看抽烟的那两个人。睡头铺的是一个惯偷，长的凶悍。这会儿，对贺勇点点头。贺勇才冲我走来。

在值班室，我问：“贺勇，有人欺负你吗？”

“没有！”贺勇说，眼睛却躲避着我。

我知道这孩子昨晚肯定受苦了。监所的犯人有一个不成文的规则，进来的新人都要给过一套手续的，轻则人人毛打一顿，然后给洗一个冷水澡；重则要扎靠背……挨了打还不能说，说了日子更不好过。

看着眼前这个瘦得没长成形的大男孩，我的心里真不是滋味。但法律是无情的。我问：“名字？”

“贺勇！”

“年龄？”

“十六岁！”

“家庭住址？”

“灵口中学。”

“我问的是家里的地址？”

贺勇对我说了，我又问他犯的什么案？贺勇说，就是在宿舍打了同学两耳光，要了两包烟。

是吗？你们不是四个人嘛！说说经过？这本来不是我问的范围，我是产生了好奇心：四个人为了两包烟犯抢劫罪，可能吗？

贺勇说，我们在宿舍玩扑克，没烟抽了，刚好有一个低年级同学上我们这儿来找人，小李就说，嗨，有烟吗？那小子说，我还想问你要烟哩。小李就火了，过去扇了那小子两个耳光，那小子就和小李打起来。我们四个一起上，把那小子打得大声求饶，去给我们买了两盒猴王，是那种好的，一盒五元。

这个事啊?!

人家告了?

校长告了！本来几家大人都说好了，要私了的，但校长不放，说这事要不这样处理，他就不当校长了。

我的心沉甸甸的。现在这事就是民不告官不究。像这个事说大就大了，说小就小了，我不知道那个校长是怎么想的。也许，事实不完全是贺勇说的那样吧?

我说："贺勇，你去吧！有人欺负你，告诉我!"

贺勇走了几步，忽然回过头来说："叔叔，给我一次机会吧?"

我一时不知该对这孩子说什么?

我摇了摇手，说："你先进去吧!"

那天晚上，我把这个事给妻子说了，她也唏嘘不已。一个晚上，我没有睡好觉，我一会儿梦见贺勇在劳改场运砖哩，一会儿又梦见贺勇在教室上课哩。早上起来，我想先通知贺勇的家人，找一个好律师。我还想去一趟灵口中学，去见一见那位校长……

早落的树叶

礼拜一，位于本市东关的育苗小学接到区教育组通知：礼拜六全市卫生大检查，教育部门更应该带头搞好卫生。凡属我区所辖各学校，应从以下几点抓起……

秃头校长开了三次全体教职工会议，班班落实、组组落实、人人落实。最后还是不放心让各班主任把卫生大检查准备工作列表送到校长办公室。

班主任又招集三次班委会，三次班组会，严密布置了工作安排。每日三大扫，早操取消，中午自习取消，下午课外活动取消。到了礼拜五，全校不论是教室、办公室、还是宿舍食堂，乃至操场，地面净的可晾凉粉，玻璃亮的可照镜子。桌椅整齐干净，不染一点灰尘，黑板又重新抹了一层墨汁……

遗憾的是春天才栽下的绿化树——小白杨的叶子总也扫不净。早上刚扫，中午又落下几片；中午扫净，下午起一阵风又吹落一地。有什么办法？落叶知秋，秋天嘛，树叶自然要落，无可非议！可这林阴带是检察团必经之路，这第一印象……老校长在校园里转来转去挠破头皮也没有主意。

开会，三个臭皮匠顶一个诸葛亮，不相信没有办法。全体教职工都到齐了。校长不紧不慢，却又掩盖不住焦急地说了事情大概。全会场哑然。好久，有一个声音说：早知这么做难，当初就不该栽树。话音未落，另一个声音又起：春天绿化委员会发来通知，说绿化祖国是造福后代的百年大计……

“不要发牢骚了。”老校长把两只肉肉的小手摊开，“快想想办法吧，明天检察团就要来了。”

这时候，有一个年过半百的老师站起来，他是人称“赛诸葛”的李老师，校长的“高参”。

“我有一个主意不知行不行？明天早操时间发动全校师生摘掉全校所有绿

化树的叶子。好在树都才栽不久，又是落叶季节。”

立即全会通过。

这次卫生大检查，育苗小学果然获得全市卫生甲级。那面锦旗红红地挂在会议室的正中央，上书行草“全市卫生第一名”。

第二年春天，这些摘了叶子的小白杨再也没有发芽，市绿化委员会发来通知，将于月底检查全市绿化工作。

在全体教职工会议上，校长最后说：“幸亏这些树还小，好办——统统拔掉，再栽！”

孤独

夏天多么美好啊！可是，秋天来了。

“天气真有点凉了。”梁惠君伸手把垂到胸前的秀发向后拢去，心里想，“吃过午饭还加了件毛衣的，怎么……”离开喧闹的校园，走在这河岸上，河水哗哗地流动声传进耳中，不时有鸟儿的鸣叫。一阵风吹来，岸上的杨树又哗啦啦地响动，落下一大片绿少黄多的叶子来，刚刚躺在地下，又被另一阵风吹起，打几个旋，向远方飘去。

自从升入高三，学习任务越来越重，心理负担自然不轻。明年预考是不成问题的，可是能顺利考上大学吗？她从来不敢肯定地回答。从回到姥姥身边上学，她的学习成绩始终为全班第一。老师夸奖，同学羡慕，妈妈每次来信总是鼓励一番，最后叮嘱“不要骄傲！”真的，她始终认为自己是幸福的——每次表彰大会上，领奖的总少不了她。作为奖品的日记本已经一大摞了。当同学们向她投来钦佩的（也许有嫉妒）目光，她总是匆匆低了头，微微一笑。

现在，她却感到了孤独。

昨天，期中考试成绩公布了。梁惠君总分差一点五分没有占上第一个名次。吃过早饭，班主任找了她去。

“惠君，你是不是没有认真答卷？听说有的同学这次故意不好好答卷，怕一下考得过好，将来预考，高考时后劲不足……”

她摇摇头。

“听监考老师说，考代数时，你精神不好。是不是身体不舒服？影响了答卷。”

梁惠君又摇了摇头。

老师脸上露出不胜惋惜的表情，深沉地告诫她："离高考时间不多了，你可得抓紧呀！心里万万不要放松……"

梁惠君知道，"心里不要放松"，就是心里放松了。心里放松了，就是内心骄傲了。骄傲？在目前非常时期，这还了得？"唉！早知道当第一名有这么难，当初就不该争什么第一名。考试就来个科科七八十分。说我智力平平也好，说我没有发展前途也好，省得现在骑虎难下。"梁惠君不由得在心中自叹。她觉得自己好像是一匹正在爬坡的马，走的越快，身上的负荷就越重。现在是只能使劲往上爬，不管你有劲没劲都不能往后退。

"哟！北大学生过来了，我们快闪开。"梁惠君惊慌地抬起头，扶扶眼镜，前面不远处两棵大杨树下，杨曼丽、李兰珠、卢芳芳她们正捧了书本，对她极不友好地望着。

梁惠君的心一阵剧痛。是谁，说她是未来的北大学生？是老师，是那些好事的老师在饭后谈到她时说的，再由老师的孩子传出来的。今年学校破天荒有一个学生走进了北京大学，于是，老师们说：明年，上北大的一定是她。

梁惠君不喜欢老师这样说——这只能使她难堪。她害怕见到任何一个同学，女生们总是挖苦她："哟。'眼镜'，真正北大学生啦！见我们爱理不理的。"她不说话，任她们去说。父母生就她这样软弱的脾气，她不愿意和她们去辩理。男生背后称她是"骄傲的公主""冰美人"……她知道，冰美人，不仅仅说她长得美，最主要的是说她"冷"。无所谓，她已经麻木了，任人们去说吧，她只知道抓紧学习，保持第一名的名次……

真糟糕，怎么竟想这些乱七八糟的事？脑子太乱了。拿出腋下的历史书，却一点也看不进去。

太阳压山了。它把灰黄的光涂抹在山坡上、树梢上，颜色没有夏天的热烈。秋天真没意思。

回到教室，日光灯已经亮起来。白色的墙壁反射着白色的光，充满眼帘的是一片苍白。刚坐下，她的同桌——是一个男同学——进来了。她只好一声不响地站出来，让他进去。每每看到他，梁惠君就不由得悲哀起来。本来，她也有一个女同桌的，而且还是唯一的好朋友呢，那就是杨曼丽。

夏天。

太阳火辣辣地站在头顶上。河滩里的石头也被晒得滚烫。虽然穿着裙子，还是热得大汗淋漓。梁惠君、杨曼丽在阳光下，像两朵花儿开在河滩上。彩色的遮阳伞下，她俩穿着红色的游泳衣，尽情地闹；清澈的河水中，浪花、笑声响成一片……哦，夏天真好！

往事虽然美好，但却如美丽的肥皂泡，一去永不再现了。梁惠君清楚地记得：那天下午轮到她和杨曼丽、李兰珠、卢芳芳扫清洁区。她们由于去操场看男生篮球比赛，把扫地的事忘得干干净净。上晚自习时，班主任板着脸走进教室，让杨曼丽她们三人站起来，狠狠地批评了一通。梁惠君坐在那里，比身边站着的杨曼丽还不安。虽然老师没叫她站，可每一句批评的话，都使梁惠君心跳不已。她知道，她学习好，又是干部，老师给她留面子，可她不需要。她愿意和他们三人一起站在那儿，让老师去大声批评，也许那样还要好受些。她真想站起来，大声喊句什么……可那样不是更让老师难堪吗？

梁惠君意识到：她和杨曼丽的友谊将不复存在了。果然，一进宿舍，杨曼丽已把自己的铺盖抱走，和另一个同学打对子。梁惠君整理着自己的铺盖，眼泪不由自主地流下来。

这学期开始，梁惠君就成了班上唯一和男生坐的女生。

语文老师进来了，她抱着一沓作文本。哦，今天星期三，明天有作文课。老师把作文本发完后，在黑板上写下明天的作文题目：《忆我的好朋友×××》。

好朋友，好朋友……梁惠君的心里不断地重复这三个字。同时，脑海里不停地变换着形象。最后一个是杨曼丽，不久，也消逝了。唉！真糟糕。老师为什么要出这样一个题目？是因为刚刚学过“小说”单元。可这作文怎样写呢？弄不好，最砸锅。

“梁惠君同学，下午去传达室，有你一封信，老师让我捎给你。信放在你的桌子桌斗里，请查收！”这个平常从不和她说话的同桌，悄悄把自己打开的作文本推过来，上面草草地写着这几行字。梁惠君想扭过头，对他笑笑，说一声“谢谢!”然而，她不敢……

代数课上，老师让梁惠君的同桌上讲台板演数学题。这个长的牛高马大的小伙子，就是把一道小小的题目做不下来。

老师叫她了：“梁惠君同学，你上来演算一下。”

他狼狈地下来了，她轻盈上去了。不到五分钟，她蛮有把握回到座位上。

“同学们看，”代数老师在梁惠君做的题目上重重地打了一个红色的大对号，“梁惠君同做得非常正确。她思路清晰，解法灵活……”

梁惠君心里多么舒服啊!

老师继续说：“大家再往这儿看，”他在梁惠君同桌做的题目上重重地打了一个错号，“同是一个班上的学生，同是一个老师教，为什么有的同学能做出来，而有的同学却做不出来呢？关键是看你用功不用功!”

梁惠君看见她的同桌羞红了脸，把头低在胸前。她再也高兴不起来了。

一下课，就有几个男同学冲梁惠君的同桌挤眉弄眼，嚷嚷道：“男子汉大丈夫，竟然做了垫碗的萝卜!”

梁惠君再也想不下去了。她强压住活蹦乱跳的心，从文具盒里取出钢笔，在手心匆匆写下“谢谢!”两个字，装作无意地伸开手，。放在桌面上。

是妈妈的来信。妈妈那娴熟的笔迹，做女儿的一眼就能看出来。妈妈，您不该把女儿一人送回老家……拆开信封，是一张颜色素净的花笺。

惠君：

妈妈真想你啊！为了开发大西北，妈妈和你爸爸都去了西藏工作，只好把你送到姥姥家。妈妈对你的关心太少，你不要埋怨妈妈。昨天回到营地，看到你一个月前写来的信。惠君，你的心情不好，这很让妈妈担心。什么事情让你这样不开心呢？

惠君，无论如何，你都不要放松学习呀！你接到我这封信时，期中考试一定考完了吧！把成绩给妈妈‘汇报’来。再过半个月，我就又出发了，你爸爸在阿里等着你的好消息呢！惠君，我的好女儿，妈妈相信你不会让我和你爸爸失望的，是吗？

……

看不下去了。梁惠君把信无力地折叠起来，胡乱塞进书包。她不知道该怎样给妈妈回信。

下晚自习了，梁惠君匆匆收拾书包，就向门外走去。走出校门，一股风扑面而来，好冷！抬起头，远处天上，有几颗明亮的星星在秋天的寒夜里闪烁。

星星啊，星星……

君子姑娘

夜很静。

没有风。窗外正无声地飘着雪花。一杯热茶，温柔的灯光，炉子里的火正熊熊地燃烧着……

你说："夜很好，讲个故事吧！"

1. 我第一次见到君子姑娘时，她是一个好单纯、好单纯的小姑娘。说她小，是就她小小的身材，小小的嘴巴，小小的眼睛，小小的鼻子，甚至小小的耳朵而说的。总之，你如果见到她，在心里立时有一种"小"的感觉。那是我收假回学校的第一天，同宿舍的好友告诉我："外边有一个小女孩找你。"

站在我面前的是一个文文静静的女孩，白净的小圆脸上架着一副银白色细框眼镜，齐耳的秀发在耳轮下朝前微微地弯着。

"你就是柳静言吧！"她怯怯地问一声，又抿嘴浅笑起来。两腮就凹下去两个好看的小酒窝儿。

"你是……"

"我叫文君子，从商州来……"

哦，原来是老乡来了。在我们学校，每届新生来后，都先找上届老家的同学，认了乡亲，就会论资排辈哥哥姐姐地叫起来。

2. 第一次和君子姑娘外出时，君子走在我的右侧。她一个劲说："静言，妈妈会知道的，妈妈会骂我的，妈妈会不喜欢我的！"

我告诉她："我们去一个很好玩的地方。那儿有秀气的石山，有明净的湖水，水上漂着漂亮的小船，船从拱形石桥下穿过，岸上的翠柳就会拂下来，抚摸着你的面颊，你的脖颈，就像温柔的春风……还有好看的红亭子，湖心的小岛……"

我说这些话的时候，君子就睁了好大好圆的眼睛，一眨不眨地盯着我。还不时地问一句："真的吗？"

船，悠悠闲闲地荡在湖面上。我和君子坐在小船上，谁也不去理躺在舱里的舷板。我一手握了打开盖子的饮料，一手扶着船帮，看君子安详地玩水。君子一边吃着雪糕，一边用手在水中轻轻地划动。那葱根一样的手指在绿水中像几条小小的游鱼，自由自在地上下翻动。

"多好玩，多好玩呀！要是妈妈能来该多好啊！"君子忽然抬起头，望着我认真地说。

"妈妈怎么能来呢？她离我们有好几百里之遥。"

"妈妈好可怜。永远都没有出来玩过！"君子挺伤感地说。我发现她的眼睛里竟有几多哀伤之情。

3. 逛大街的时候（除非你有非买不可的东西，否则君子是不会上大街的），君子始终和我保持几步之距，在人多的地方，往往把我们冲散。我不得不停下来，等她，找她。有几次，我试着用手去拉她，像哥哥牵着妹妹那样走。这个时候，君子就把双手背在身后，一双眼睛求助地望着我。于是我退缩了，那是一这怎样的眼睛呀！简直就是两泓不见一点杂质的清潭。

君子哪里知道，正因为这样，她险些失去了一只肩膀。

那次，我和君子上街回来，横穿马路时，一辆警车呼啸而来。君子惊呆了，站在马路中央不知所措。我伸手去拉她，君子竟然又把手背转过去，警车一个急转弯，碰倒了君子。

……

4. 医院里，君子那只缠满纱布的臂膀放在被子外边。她的眼睛微微睁着，嘴角露出苦涩的笑。

君子的妈妈来了。这是一个性格孤僻的妇女，四十多岁。她的不很丰满的脸上明明白白地表现出：她年轻的时候，一定比君子还漂亮。

"君子的爸爸怎么没来？"我轻声细语地问道。

"怎么，君子没有告诉你？"她平平淡淡地反问。

"没有，她从来不谈她的家庭。我也从来不问她的家庭。"

"好的，我告诉你，她的爸爸早死了。"说这句话时，她同样是平平淡淡的。

“妈妈，我从来没有碰过男人的手，真的！”君子一见到妈妈，就急急地说。

我吃惊了。

君子的妈妈点点头，说“好孩子，我相信你！”

君子笑起来，笑地很美，很满足。

火炉里的火已经熄了。杯子里只剩下残茶和些许剩水。你说：听，外面雪好像不下了。

是吗？也许，明天是个好天气！

第七辑

市井

病因 / 报警 / 啥意义

洗脚 / 宿命 / 纸戒指

沅好吾的心事 / 林生

五害 / 回头客

病因

姓名：无大为

姓别：男

年龄：四十

病历一

病人从看守所取保候审回家后，有一天晚上看电视，中央台正播新闻，他忽然指着某领导喊——骗子！骗子！家人也没在意，只是用眼睛剜了他一眼。谁知一会儿，电视里正给一个企业家颁奖，他又跳起来，扑到电视前，用手指着那个企业家大骂，狗日的骗子！骗子！一家人都把异样的眼光投向他，他看着一家人，像海啸一样爆发了，你们都是骗子！骗子！

病因：200×年12月，中国著名民营企业家柳文虎当选第三届新世纪中国改革十大新闻人物，会后，受到某领导亲切接见。柳文虎当选十大新闻人物的理由是：在市场营销现代化过程中起到了先锋作用。大胆开拓，勇于创新，实施品牌战略，坚持发展专卖与规范直销相结合的营销模式，将文化与产业紧密结合，取得了巨大成功。

这是病人从报刊和电视中看到的新闻。

可是，8月24日，病人却被公安局拘留了。

病历二

有一天，病人和妻子上街，对面过来两个交警。病人突然冲上去，照其中一人脸上就是一拳，并且高喊，教唆犯！教唆犯！两个警察立时把他摁倒，打110把他交给了巡逻队。人家要按“袭警”治他的罪。家属这才知道他的病严重了。赶紧找人疏通关系，把他弄出来看病。

病因：

病人看了中央电视台的新闻以后，就在朋友的介绍下，加盟上面那个著名企业家的公司搞营销。去年六月份，正当这个工作搞得如火如荼时，有人告发说是搞传销。县公安局开始介入调查，随后出了一份文件《关于上洛县临风营销活动的调查》。该文件明确指出，这个营销活动是纯粹的商业活动，该公司是国家认可的合法民营企业。该公司董事长兼总经理柳文虎确实是第三届新世纪中国改革十大新闻人物。

这样，病人参与的营销活动在上洛县名正言顺地搞起来了。

可是，8 月 24 日 ，病人却被公安局拘留了。

病历三

在县医院看了三个月，病人的症状明显改变了。饭量大了，身体胖了，精神面貌也好了。胡子刮得很净，头发梳得一丝不苟，看书，写文章，和朋友聊天，去舞厅跳舞……家里人都很高兴也很庆幸。

那天上午九点，电话响了。是病人的妻子接的。公安局经侦科打来电话，让病人去公安局接受调查询问。这次是妻子陪同去的。在经侦科询问笔录过程中，病人没有一点发病的症状，他回答的完全让工作人员满意。大概 30 分钟吧，谁也没有想到，病人的病又犯了。事情的起因是这样的，经侦科的科长这时候进来了（如果他不进来就没事了），病人一看见科长，忽然用手指着科长的鼻梁说，贪污犯！贪污犯！

科长气得脸色都紫了，一个耳乱子扇过来，病人的口鼻就出血了。

病人的妻子赶紧给科长赔情道歉，说病人的病又犯了。请科长不要和一个精神病人计较。科长您是大人有大量，怎么会和这样一个小民百姓较真啊！

科长真的就原谅了他。

医生听了病人家属的陈述，说，病因呢？家属说，病人进看守所后，为了取保候审，给经侦科长送了一万元的。

医生说，去办手续吧，这一次送到我们精神病院，就不是三年五年的事了。

家属说，病因我都给您说了，您可要好好给治啊！我们一家还要他养活啊！

报 警

上午9时35分，潘女士顺着经九路北口往南走，发现一中年妇女突然摔倒在地，旁边的摩托车却加速跑了。潘女士起先以为中年妇女是从摩托车上掉下来了，还在纳闷，为啥骑车的人跑了，是没看见吧？等走上前一问才知道，中年妇女的包被抢了。

受害人是附近单位的员工，摔倒后头部受伤出血，其单位一同事见状，立刻将其扶起。当时现场有四五个目击者，万一现场被破坏怎么办？另一个目击者张女士说。几个人商定，报警后留守现场，直到警察到来。

喂！110吗？这里发生一起抢劫案。你好！请问你叫什么？我姓潘，这里发生一起抢劫案，请你说明具体方位，请问你的姓名？我是一个普通市民，姓潘，经九路口刚刚发生一起摩托车抢劫案。被抢者头部受伤出血……你好！我们会处警的，谢谢！

潘女士和张女士还有另外两个四十多岁的妇女围着站在一摊血迹旁，不停地提醒行人绕道走，这里刚刚发生一起抢劫案，我们在保护现场。

9时55分，警察还没有来。潘女士又用手机拨打110。

喂！110吗？我姓潘。我知道，请问还有什么事？经九路口发生一起摩托车抢劫案。你好！请问你的真实姓名？我姓潘，我是一个普通市民，你好！最近报假警的人很多，我要提醒你，报假警是要负责任的，请把你的姓名、家庭住址、身份证号报一下，这里确实发生了抢劫，受害人头部受伤出血，地下有一摊血迹，我们在保护现场……

一个小时过去了，地上的鲜血已经凝固，血迹旁放着一块砖头，提醒过路行人注意。太阳光火辣辣地在头上照着，潘女士她们不停地用手帕当扇子用，四个妇女谁也没有要走的意思。

警察还是没有来。

潘女士又一次拨打 110 报警，接线员告知已经处理，并得知伤者已经送往医院，但不知现场还有目击者在保护现场，表示立即出警，让潘女士她们再等一下。

过了十几分钟还是没见警察赶到现场，潘女士便拨通了 H 市公安局 G 区分局 E 路派出所的值班电话。上午 11 时 6 分，该所警察终于来到现场，处警的王警管说，他们在 5 分钟之前才刚刚知道此事。之前有个派出所已经出警了，这个可能处警的派出所是 H 市 G 区 F 派出所，事发地点正好是两个派出所辖区交界处，E 派出所值班民警告诉潘女士她们，经九路北口路东边是该所辖区，路西是 F 所辖区. 报警人没有说清楚到底是路东还是路西，我们就不好处理了。

这时候，潘女士忽然觉得头上的太阳光是那样的毒，天气是这样的闷热，立时头昏脑涨，眼冒金星，一下子就摔倒在地。巧的是头部正好磕在地下血迹旁的那块砖上，鲜血一下子就流出来了。她身旁的张女士慌了手脚，赶紧蹲下身去扶了潘女士，一边向周围的人喊，快，拨打 110！不！拨打 120……

啥意义

邮递员“吱”的一声把车子停在了门前，递给秦歌一封挂号信。秦歌拆开，是一本封面优雅，小巧玲珑的杂志。秦歌看到自己的小小说发表在“新人新作”栏，心里高兴得像缸里溢出的水，只想往外流。

秦歌对老婆喊：“嗨，我的小小说发表了!”

老婆走过来，看了一眼，说：“啥意义？四十岁的人了，还想成名成家啊？”

秦歌就郁闷。这是搁笔十八年后第一次在全国发行的刊物上发表文章啊，容易吗？可在老婆这儿，却“啥意义？”

秦歌不由想起这十八年的生活磨难……总算挺过来了。生活安定了，孩子也大了，就想起自己年轻时的梦，就想抓住青春的尾巴再搏一回。去年把十八年前的诗稿整理了交给了出版社，掏了六千元自费出了书，在小城文学圈子影响不小。于自己是了了一桩心愿。不想老婆为这件事常常和他闹别扭：“六千多元出书，啥意义？”

是啊，那是十八年前的爱情诗，现在出了书有啥意义？六千多元要买多少麦子，多少衣服，多少烟，多少酒啊？那是小城一个干部一年的工资啊！啥意义？

为了写作方便，秦歌联合女儿锲而不舍地攻下老婆的坚强堡垒，拿出七千多元买回了电脑，每晚打烊回到家，秦歌就一屁股坐在电脑前，笨手笨脚地打稿，发稿。

老婆在他身后看了看，说，啥意义？然后就到另一间房子看《大长今》去了。

那一晚，老婆说，走，跳舞去。秦歌说，我不会。老婆说，我也不会。

咱们去学啊！秦歌说，你去吧，我还要打一篇稿子。老婆说，啥意义？一转身，开门走了。

是啊，啥意义？当秦歌把85元稿费单兴冲冲地给老婆看时，老婆不屑的一笑，说，我这月的水电费都七八十元呢，还不算每年的宽带费720元。

秦歌就苦笑。老婆说，我一双鞋挣的钱都比你一篇稿子的稿费多。啥意义？

秦歌无语。

有一天，秦歌在网上看到一个叫小南记者的发的帖，说他一年的稿费收入保守数字是两万多元。秦歌就给老婆说了，老婆说，你行吗？

秦歌一时语塞。

老婆说，我行！我一年卖鞋的收入比你那个叫小南记者的多多了。

秦歌还要说什么，老婆打断了他的话，你还是省省吧，啥意义！

没意义！秦歌想说，对你没意义的事对我有意义！我要体现我的人生价值啊！但秦歌没说出口，他觉得这句话太空洞无力。秦歌最爱听的一句话是对面开饭店的老板娘说的那句话，她说，秦歌，你挣的钱再多我不眼气（羡慕），我眼气的是你写的文章上了书！满市场挣下钱的人多的是，写书的人却只有你一个！

秦歌当时感动的差点要掉眼泪了。

秦歌还是写，还是干老婆说的“啥意义？”的事。

老婆总是说，你出书的钱加上买电脑的钱如果投资到我的鞋店里，一年最少多挣回一个万！

秦歌对老婆说，多挣一个万，啥意义？

洗脚

每当四只脚像四条鱼一样在水中嬉戏的时候，秦歌总对美云说起十八年前两人都看到的曹校长的小姨子给男人洗脚的事。那时，他们在同一所技校学习，正是热恋的时候。美云说你想得美，想让我给你洗脚吗？门都没有！一辈子都不要想！秦歌就噤了声，一下子像晚秋霜打的叶子，没了精神。

秦歌第一次进洗脚房是有求于人。他本来是要请办事的人去酒店喝酒的。中间说话的人说，都什么年代了，还玩请客吃饭的把戏。土得掉渣了。晚上九点，红草堂门口见。红草堂秦歌知道，在天天乐超市隔壁，是咸阳一家足浴连锁店。但秦歌从来都是只有看的份，在秦歌眼里那是很暧昧的场所，是一般人不敢问津的地方。去吧，到超市买两盒绿猴，再买500元的卡。秦歌就进超市把这两件事办了。上楼，请人家洗个脚就行了。这样，秦歌三人就进了红草堂，进了三人包间。穿绛红色制服的洗脚妹一字排开，在每个人的脚下放好冒着热气的木质脚盆，盆里漂着紫色的花瓣。您好！我是003号。很高兴为您服务。女孩开始脱掉秦歌臭烘烘的袜子，把他的脚放进热水里。接下来就开始手臂、肩膀、背、腿的按摩。有服务员在不停地给脚盆里添热水，还要不停地问一句：你感觉如何？烫吗？当秦歌像那两位同伴一样倒在女孩的怀里，他的头放在女孩的胸膛，女孩用双膝顶住他的腰部，做螺旋状按摩时，秦歌简直如坠如云里雾里，不知天上人间了。按摩结束，女孩开始给秦歌洗脚。脚背、脚心、趾头夹缝都细心地揉、搓，然后用木把小刀刮去脚底的腐肉。最后的最后，秦歌的手和女孩的手五指缠绕，在洗面奶的滋润下，是那样的柔滑和舒服。30元，值！秦歌在心里说，怎么以前就不知道呢？这才是享受啊！几十年都白活了。

秦歌第二次去洗脚房是别人请他。那时他刚刚从另一个乡下调到现在县上，专管计划生育工作。巧得很，给他洗脚的竟然还是那个003号。您好！我是003号。很高兴为您服务！秦歌笑了，你好！我是秦歌，很高兴接受您为我服务！那个003号惊讶地看了秦歌一眼，也笑了。这个女孩长得很秀气，长长的秀发在身后用一个紫色的发套挽了，额前的刘海更衬出一种平静的、与生俱来的美。秦歌在女孩的发梢从他的手心划过来划过去时，他的手痒心更痒。人熟了，话就多了。秦歌知道了003号是中级技师。她们是要到咸阳总部考试的。考理论、还要考实践操作。知道了洗脚时点号还是要另付费的。初级要10元，中级技师要20元的。秦歌就对003号说，我还占你的便宜了。下次专找你不是还要多付20元吗？003号说，那当然了！两人都笑了。

到后来，秦歌每次去洗脚都找003号。只有到了那里，秦歌才能找到一种上帝的感觉。秦歌才能体会到自己是一个真正的男人。你怎么就不是男人了？你是吃的不好，还是穿的不如人？现在是要钱也不缺，要权也不小，妻子儿女都有了，还要咋的？别吃了碗里还要瞅了锅里！美云常常冲着秦歌这样说。

没有必要说出因果，秦歌和美云还是离婚了。和秦歌住到一个屋檐下的是那个003号。秦歌没有想到的是，在以后的日子，他再也没有享受过003号的洗脚服务。相反的，秦歌每晚还要把洗脚水端来，放到003号的脚下。烫吗？秦歌这样问着的时候，总会想起他第一次进洗脚房的情景。

一切如故。

宿命

血浆配好了，受术者的头发也剃光了，可这些准备都已经无用。医生无奈地告诉家属，准备后事吧，赶紧准备衣服……家属沉痛地说，衣服都准备好了。

衣服准备好了？医生惊讶的眼光透过厚厚的镜片看着家属。

这是一起不可预知的车祸啊。

贾玲看着身边的女人一个一个像电视广告里的模特，倚着漂亮的踏板车，搔首弄姿的倩影；看着她们骑着踏板从自己面前过去飞一样的姿势和满脸优越的表情，贾玲对自己男人下了最后通牒——明天给我把电动车买回来。

小城平坦的街道上增加了一道亮丽的风景，衣着亮丽的女人骑着同样亮丽的电动踏板车，飞翔在小城楼房和梧桐树组成的风景里。这样的女人不需要任何约束，任个性在春天里无限地张扬。

父亲在去年冬天里去世了。给父亲做寿衣时，也给母亲做好了里里外外的寿衣。贾玲是趁这个礼拜天去给母亲送做好的寿衣的。男人说，几里路，坐公交车去吧。贾玲没有说一句话．贾玲从房子推出她的宠物宝贝嘉陵电动车，用黏了汽油的抹布很仔细地擦拭车身。贾玲对车的爱已经凌驾于对自己男人的爱之上了。

贾玲把给母亲的衣服放进坐骑的后备箱，贾玲很潇洒地、优雅地跨上嘉陵，贾玲的右手一动，嘉陵就飞一样冲了出去，贾玲的长发飘起来，像黑色的瀑布；贾玲白色的衣服飘起来，像一个在天上飞翔的天使……贾玲的嘉陵和那个女人在永久亲吻时，贾玲放飞在天上的心灵还没有收回来，她的脸上充满了满足和微笑。贾玲是走进了天堂的。

从后备箱取出的衣服穿在贾玲身上，合身的程度简直是天裁地做。在化妆师的巧手下，戴上了假发的贾玲仍然是容光焕发，美丽迷人。看着就要送进火葬场的贾玲，男人的手在贾玲的脸上摩挲着，男人用颤抖的手摸了贾玲身上本应该穿在丈母娘身上的衣服，说了一句，这都是命啊！

医生的死亡诊断书上是这样写的：无明显外伤。头部有一直径 5cm 血包，CT 显示结果，颅内大量淤血而死。

交警处理结果：由于目前对电动车无法律依据做管理，死者无驾驶证等手续，应该是无证驾驶肇事。

纸戒指

上高中那时，班里流行纸戒指。所谓纸戒指，就是用一张纸币大小的长方形纸折成的戒指。这种戒指折成之后顶端类似方块状，于是大家给它起名为“方块戒指”。

那时候，清秋是班里最安静的女生，也是班里最漂亮的女生。好多男生都暗地里喜欢她。可是她总是安安静静的样子，对谁都一样，总是淡淡一笑。许至是清秋的同桌，是一个很阳光的男生。每天早上，总是在许至将两人的课桌擦拭干净之后，清秋才姗姗来迟。他们彼此笑笑，都不说话。许至总是尽力做些力所能及的事，帮助她。

很多时候，许至看着清秋安静地看书、写字、发呆的时候，他的心里都像是有一朵栀子花在悄悄盛开。他想：清秋就是自己心里那多盛开的栀子吧，美好却不张扬，然而当风吹起来的时候，却会有淡淡的清香，让人迷恋。清秋不像别的那些漂亮的女生，自以为长着一张漂亮的脸蛋儿就谁都不放眼里。许至想，自己是喜欢清秋的吧！是的，很喜欢。

许至开始跟别人学着折戒指。因为还有一百天就要高考了。这就意味着，还有一百天他就要跟清秋，跟班里所有的同学都分开了。他心里是放不下清秋的。他那么喜欢她。可是现在，他们都只有十八九岁，他还没有能力对自己心里的女孩说出那个庄严而神圣的字眼。

许至开始每天都折一枚戒指。终于，在他们高考的前一天，他折好了一百枚戒指。他买来一个浅色的盒子，将那些戒指小心翼翼地装进去。那个傍晚，他将那个盒子递到了清秋的手里。在夕阳的映照下，少男和少女都微微红了脸。他对她说：“清秋，高考要加油呀！我也会加油的！”然后笑着离开了。

清秋看着手里的盒子，心里不是没有欢喜的。在他们同桌了那么久之后，在许至对她那么无微的照顾的时候，她的心里，也有了一朵盛开的花朵，是木棉。可是，许至从来都没有对她说过那些关于喜欢的话。现在，要高考了。他们即将要分离了，许至送的，应该是离别的礼物吧.

清秋回到家里，打开了那个盒子。一盒子的纸戒指映在眼前。一枚粉色的戒指安静地躺在那些淡蓝色的戒指中间。清秋有些震惊。她将那些戒指倒了出来，一枚枚数过来，不多不少，刚好一百枚。九十九枚淡蓝色的，一枚粉色的。清秋心里微微的有些开心了，许至原来也是喜欢自己的。可是，清秋翻遍了整个盒子，也没有看到许至留下的片言只语。此刻清秋的心里，便果真如初秋的傍晚，起了风。不大，却一直不停息。直刮进人的心里。那么凉。

等到他们大学毕业之后，原来高中的同学举行了一次同学聚会。已是北京某公司经理的许至，早就准备好了一枚带钻的戒指，是的，他准备在这次同学聚会上，向清秋求婚。他安静地等着清秋的到来，想象着清秋的模样，独自轻轻地笑了起来。清秋来了。她还是当年那样清秀的模样，只是有了些许成熟，显得更加迷人。他站起来，朝她走去，口袋里的戒指被握在了手心。可是，就在他快要走到清秋面前的时候，他无意间看见，清秋右手的无名指上，戴着一枚不大，却闪闪发亮的戒指。刺的他的眼睛，生生地疼了起来。他站住了。悲伤从心底开始，一点一点蔓延，直至抵达全身。

他们像再普通不过的同学，客气地问好，聊天，之后离开。第二天一早，许至便去了北京。从此再也没有回来。

清秋不明白为什么那晚的许至总会给她一种悲伤的感觉。

直到几年之后，当清秋的女儿开始学着认字时，某一天，正在厨房做饭的清秋听到了女儿的叫声：“妈妈，妈妈，这个盒子里怎么这么多纸折的戒指呀？好漂亮呢！”然后又听到女儿问道：“妈妈，这个粉红色的戒指里写着什么字呀，我不认识，妈妈你来教我念。”清秋从 女儿手里接过那张写着字的纸，许至熟悉的字迹立刻映入眼睑，清秋的眼泪无声无息地流下来。女儿害怕地问，妈妈，你怎么了？

纸上这样写道：

清秋，我喜欢你，你是我心中唯一的栀子.

等到大学毕业，我会带一枚真正的钻戒，向你求婚。

许至

那张写着字的已经微微泛黄的粉色纸，就是被清秋女儿拆开的盒子里那枚唯一的粉色戒指。

沅好吾的心事

我觉得是该把沅好吾的心事晒晒的时候了。

那天沅好吾在我面前说，我们单元一楼楼梯灯白天夜里都亮着，这样的损耗都是我们大家在分摊啊！虽然说只是一盏15瓦的灯泡，我沅好吾能摊得起，但心里别扭啊！我笑笑，没言语。整个家属楼20多户，我又能多摊多少呢？

第二天早上，我下楼梯时，发现墙上的触摸开关已经主体分离，盖子吊着电线在空中荡秋千。显然，是有人故意破坏的。走出楼梯，无意间回头，看见沅好吾正背了双手，披着黑呢子短大衣，眼睛在整栋楼的旮旮旯旯逡巡。

将近半个月，我们晚上回来都在黑暗里摸索，楼上住的一个老太太还崴了脚。按说，一楼的楼梯灯我可以不管，我住在二楼。我之所以想管，是我两个女儿还在上中学，现在是冬天，孩子下晚自习回来就已经是九十点了，楼梯里边黑咕隆咚的是有点害怕和不安全。中午闲暇时间，我检查了那个触摸开关，发现一切机关完好，触摸失灵可能是开关里被大量灰尘蒙蔽的缘故吧。我找来一把刷子，把开关里清洁一遍，重新把开关安装好。试了一下，果然好了。

就在我庆幸不花一分钱就修好了楼梯灯时，第二天，我发现触摸开关又一次被破坏了。这次很彻底，开关的底座和表面被砸得面目全非。先我一步下楼的老太太说，谁这么缺德啊！我看见，在老太太前面不远处，有个黑呢子、白发的影子在晃动。

毫无疑问，这又是沅好吾干的。沅好吾为什么敢肆无忌惮地破坏楼梯灯，而且楼上的住户又不敢质问他呢？原因有二，一是沅好吾年龄大，退休已经快20年了，人们不想和一个近80岁的老头论对错；第二个原因用沅好吾的话说，他是这儿的原住民，其他人都是外来户。整个家属楼原来单位的住户已经没有几户，大多是买了二手房的生意人。沅好吾在这些住了家属楼的外来户面前就总觉得高人一等，有优越感。

沅好吾老婆早逝，就一个人、一口锅住在老楼里。沅好吾的房子我去过，没有装修，还是毛坯房，窗子是木格窗子，有几块肮脏的玻璃已经破裂。阳台上放着乱七八糟的杂物，灶房被油烟熏得乌黑。卧室是一盏25瓦的灯泡。硬板床上有一张电热毯，躺在床上能看到一台21吋老式电视机——这就是他全部的电器。沅好吾每月用的水电是我们这栋楼上最少的。这让他很愤愤不平。沅好吾说，凭什么他们用得多，我用得少，损耗却要一样分摊。沅好吾对家里有高档电器——什么抽油烟机、洗衣机、热水器、电暖器、电脑、空调的人恨之入骨。沅好吾骂这些人“狗日的”。沅好吾骂过又这样说，老子不是摊不起，老子一个月几千块工资哩，老子是心里别扭啊。

晚上八九点钟是用电高峰期，忙碌了一天的人们在家里看电视、上网、也有加班洗衣服的。可我们这栋楼往往就在这个时候突然断电。刚开始，人们以为是停电，可出去看了，周围大楼都有电，只有我们这栋楼停电就觉得奇怪。热心人就去电表箱看，发现是电闸跳了，以为是负荷大了，自动跳闸，推上去完事。谁也想不到，通电没有半个小时，又突然断电。满楼的人都从窗口探出头，确信不是正常停电后，热心人就又来到电闸那儿，才知道电闸又跳了。后来大家就商量出钱换了电线和电表。二十多户人就沅好吾没有出钱，大家拿他也没有办法。沅好吾有一个儿子，在县公安局上班。沅好吾的口头禅就是，我儿子腰里别着枪呢！沅好吾的言下之意就是，看你们谁敢惹我！让大家没有想到的是，换了电线和电表仅仅半个月，晚上还是突然断电。那天晚上，就在突然断电的同时，从电闸那边传来一声痛苦的呼喊。下晚自习回来的女儿刚好赶到，见是沅好吾倒在地上。原来，这一次次的突然断电都是沅好吾人为的。这次他在断电时听到楼上有人开门，就急忙下楼梯，谁知一脚踩空，从楼梯上滚了下去。

沅好吾有个孙子，上初一，因为学校离家里远，有事没事就喜欢在爷爷这儿蹭饭。有一天，沅好吾的孙子拿随身带的钥匙插进沅好吾对面的防盗门里。不想，那门竟然打开了。沅好吾的孙子闪身进门，正在房间里乱翻，被女主人堵个正着。女人抓了沅好吾的孙子，“砰砰砰”敲沅好吾的门。沅好吾在门里喊，是哪个土匪来了？小心我儿子手里的枪！沅好吾动不动就拿儿子手里的枪说事。他说儿子是刑警队的，是队长。手里有枪哩。女主人平常被沅好吾欺负惯了，气没处撒，这会儿得了理，才不害怕沅好吾的恶声恶语，依旧“砰！砰！砰！”地敲门。

沅好吾开了门，看到女人手里的孙子，一时没有反应过来，这……这……女人说，管好你的孙子，要不，真要挨枪子了！

沅好吾弄明白发生了什么事时，一下子矮了很多。

林 生

桥儿街方圆三十里没有人不知道林生的名号的。

林生的诊所开在桥儿街最背的中学巷子。这个巷子的东面原来是小学的一段土垒的院墙，后来掀倒了盖成一溜儿红砖灰瓦平房。再往上就是中学的五间灰砖红瓦平房，紧挨着就是中学的大门了。巷子的西边是几间没有修盖的土房，低矮、破败。这几间房的右首就是文化站四间同样低矮的红砖灰瓦门面房。整个巷子长不足百米。

林生的诊所就开在文化站的房子里。单扇门连着扇一米高的窗子，房子的宽度就定了。房子的进深是一个两米长的木头条椅和一米宽的单人床加起来的长度。窗子底下是林生看病的一张条桌，三个抽屉那种，漆成朱红色。

没有门头，也没有招牌。林生的生意却特别好。

林生最拿手的是给小孩子看病。大多时候，门前都有人抱了孩子在转，牵了孩子一眼一眼望着巷子的尽头，林生才不紧不慢地从巷子的那头走来。他身上永远是四个兜的蓝色中山装，左上口袋插一支黑色钢笔。头上戴一顶上世纪70年代的深蓝色军帽。

林生从上午十点开门到下午五点关门，他房子的病人就没有减少过。摸额头、看手掌、用镊子按了舌头看舌苔、打针、取药，用林生的话说，上个厕所都要跑着去的。

林生的生意好，对面小学的门面房就又开了两家诊所。一家是街后马娃村的老马，老马的门头上招牌是“中医世家”。据老马自己说他祖上三代都是行医的。另一家是街西十里地的国营厂子医院的退休医生，门头招牌是“国营四零六厂医院主治大夫”。

这个不足百米的巷子一下子开了三家诊所，林生的生意当然就没有原来好了。知情人说，林生的药价高，原来是他一个人在这儿看病，病人就认宰了。现在三家，另外两家的药价低，病人自然就跑到那儿去了。有好心人就对林生说，你也把药价压一压，比他们低，你原来的病人不就过来了。林生笑了笑没有说话。又有人说，老马给病人开药一次只开一天的，同样的药比林生这儿还便宜。林生听了，还是一笑了之。他给病人开的药仍是三天的，价也是原来的价。

这样的情况持续了一个月吧，来林生这儿看病的人又多了。抱了孩子的母亲、牵了孩子的父亲都说，在别处看病钱花了病没看好，还是林生这儿管用。

暑假里，林生上医学院的女儿来给父亲帮忙。这一天，林生有事来迟了。在他来迟的这段时间里，女儿坐诊。奇怪的是，这个医学院的高才生给孩子很认真地检查了，开了药方，取了药，孩子的家长就是不取药，不掏钱，也不走人。满屋子的人只是问，林生咋还没来？林生该来了吧！林生的女儿很尴尬地笑。她知道纵使她的医术再高明也代替不了父亲在患者心目中的位置。她只有给父亲打电话，让父亲尽量快点来。

林生这儿忙得不可开交的时候，老马站在他的诊所门前，自言自语地说，怪了，同样的四环素，同样的安乃近，咋就林生用了就起作用，我用了病人就说不起作用呢？那个退休医生戴了深度眼镜看了林生房子外边挤不进屋里看病的人群，也不可思议地摇了摇头。

老马说，说啥，林生他是“神婆子”啊！他的手在娃头上一摸，娃的病就好了。

女儿也不解，晚上没人了，就问父亲这中间的缘故。林生还是一笑，行医和做人一样啊，要真！女儿还是不解。林生说，我的药是专门去西安药材公司进的。老马的药是那些搞推销的人给送的啊。

五害

冬天里，无论是谁家的麦秸集，豆荚垛着火了，烧的片甲不留，不用问，这肯定是五害干的。明明知道是他干的，村里人却把他没办法。这个五害啊——

五害他哥叫吴洋，五害一落草，他爸就叫他吴海。吴海的爸本来还准备生吴江、吴湖的，可惜国家出台了计划生育政策，硬是把吴海的母亲拉去上了环。吴海父亲的“方桌腿”计划流产。这样，吴海就成了父母的掌中宝，心头肉。为了吴海，父母可以说是“可上九天揽月，可下五洋捉鳖”。

吴海的父亲是我们吴洼村唯一上过朝鲜战场的人，火线入的党，可惜不识字。他是我们吴洼村（那时候叫大队）五个支部委员之一，是吴洼小队的队长。吴海初中念了一年，就回家跟着父亲种地，拿六分工。吴海家劳力多，工分就多，粮食也就分得多，光景比村里人都要好。因了这一层关系，吴海长到十六岁，就有人给他说媳妇。吴海看不上那些说给他的“媳妇”，扬言不看一个加强连，就不定媳妇。那些热脸贴了冷屁股的女子就愤愤的，暗里诅咒吴海，打一辈子光棍。

这话不想就应验了。土地下户后，不再需要队长的吆喝，人们就把自己那一亩三分地经管得要风得风，要雨得雨。人们的生活像雨后的春笋，一节一节拔高。吴海父亲大权旁落，人一下子老了许多。那些给吴海说媳妇的人也不再踏进他家半步。眼看着吴海奔三十了，媳妇还没有着落，父母急，吴海更急。和他年龄相仿的女子都已经结婚，年龄小的人家又根本不说。好不容易有人来说了，却是离了婚或者丧了夫的女人，吴海就大骂媒人瞎了眼，狗眼看人低了。我吴海是捡破鞋、吃剩饭的人吗？此后，再也没有人提起吴海的婚事。

吴海开始找父母的茬，埋怨父母没有早点给他说媳妇。母亲刚刚说了一句，都是你那时候眼头太高……吴海一拳头捅过去，母亲差点磕破头。母亲摸摸头上的包，骂了句畜生，对着天空哭喊，老天爷啊，我造了啥孽，生了这个牲畜。刚好父亲从外边进来，抡起院墙边的扁担照吴海抽过去，吴海一伸手，抓住扁担，一拉，一伸，父亲摔了个仰八叉。

吴海开始仇恨村里的每一个人。

吴海的口袋里经常揣着一把锥子。吴海在村里游荡，见了架子车、自行车、摩托车，甚至路过的汽车，只要有轮子的，吴海就会一锥子过去。“嗤”的一声，这声音在吴海的耳朵里就像音乐一样好听。饱满的轮胎就在吴海转过身子的瞬间瘪瘪的了。

吴海的腰上还别着一把弯镰。吴海别着弯镰的时候，多半在田野里逛。看见谁家的白菜长得好，一镰下去，白菜就成了两半，黑白分明，白的是分作两半的白菜，黑的是中间那条镰刀印上去的黑线。谁家的包谷好，棒子胳膊粗，说不准那天早上，包谷地里就倒下一片，查看了，一刀毙命，快、准、狠。中刀部位不偏不倚，正好在棒子的中间部位。

村里人明明知道是吴海干的，就是抓不到他的现行。原因是吴海在人们干活时他在家睡觉，人们晚上睡觉时，他在夜色里“劳动”。就有人下决心晚上不睡觉，希望抓住吴海破坏的现行，然后暴打一顿。可惜蹲守的时候，吴海却没有一次出来作案。

村里人就把吴海叫五害，人人喊打的五害。

也有人报告了派出所，派出所也没办法。五害是一不偷，二不抢，破坏的东西从来不往家里拿。再说了，他连大法不犯、小法不断的小偷都算不上，你把他抓来定啥罪啊？

村人就说，那就没办法了？

派出所人说，抓现行，抓住了狠狠打一顿。

那一年冬天，西甸、南头、北塬，好几个场院里的麦秸集、豆荚堆一夜之间烧了九个，等人们把火扑灭，黑魆魆的场院里氤氲着呛人的气息。人们明明知道这个火是五害放的，就是没有证据。再说了，场院里的麦秸集、豆荚堆也值不了几个钱的，离村里的房屋远，损失也小，人们只好苦笑着摇摇头，大骂几声五害狗日的而已。

就在人们惶惶不可终日的时候，一个爆炸性新闻在村里传开，五害被他母亲打死了。警车“呜呜”开进吴洼村时，西甸、南头、北塬好几个自然村的人把警车堵在那儿，说五害他妈是为民除害，不要抓她。五害她妈花白的头发在冬天的天空下飞扬。她趴在地上，给围观的人群不停地磕头。她嘴里不停念叨的一句话是：那个畜生啊！

回头客

中秋节，单位放假，妻子去西安进货。本来，妻子走时说了，现在是淡季，没有生意，完全不需要开门的。放假三天，在家除了上网就是看电视，实在没有一点创意。第三天，妻子进货走后，我在家窝了半天，最后看到床头柜上门市部的钥匙，我忽然起了兴致，就去市场开了门。

妻子说的没错，生意确实是淡季。做生意的女人两个一对，三五成群在一起衲十字绣，男人有在一起打麻将的，有在一起下象棋的，整个市场做生意的人比顾客还要多。我是上班族，平常很少来市场，和市场的人也不很熟悉，就没有去麻将桌、象棋摊扎堆儿，独自拿了把椅子，坐在自家门前看一本免费赠阅的广告杂志。

我正看杂志上面的一个故事，忽觉眼前一闪，有个人影走进了房子。我抬起头，是一个头发蓬乱的女人，家做布鞋和黑色裤角有零星的泥点，大红上衣扣子似乎没扣好，有点衣衫不整，一看就是乡下女人。我招呼她，要啥啊？那女人看我一眼，茫然的眼睛中灵光一现，说，我看看。我说，你看吧。女人拿起一双鞋，我说，这些鞋原来进价都是二十多的，现在号码不全，处理，一双二十元。女人就拿了一双鞋给脚上穿，穿上又脱下，又拿起另外一双鞋给脚上穿。女人一共穿了三双鞋。我说，哪双合适？女人看了看我，说，我一会儿来买。我说，好。

女人走了，隔壁卖衣服的女孩说，大哥，刚才那人是神经病，你招呼她干啥啊？我说，神经病？不可能吧？我看她说话好好的。女孩说，就是神经病。满市场人都知道的。没有人让她看商品的。

我就继续看我的杂志。

我没有想到，满市场人也没有想到，过了两个多小时，那个女人果然来到了我的门市部。女人又开始试穿我的鞋，这次试穿了五双，隔壁那个女孩给我使眼色，做手势，让我赶走女人。我张了张口，终究没有喊出来。我看见女人很专注地试穿鞋子，丝毫没有理会女孩的手势、我的态度。女人终于试好了，把那双她中意的鞋装进随身携带的蛇皮袋子里。我说，选好了？女人说，好了。脸上露出满意的神情。女孩偷偷说，她哪有钱啊？但女人随后的动作一下子堵住了女孩的嘴——女人皲裂的手掌里是一张五元，五张两元，五张一元的钞票。钞票很脏，和女人的手掌一样。我接过钱的时候，心里没有厌恶，有的是隐隐的感动。

后来的某一天晚上，妻子对我说，嗨，你知道吗？我们市场那个神经病，今天还从我那儿买了双童鞋的。我说，是吗？妻子说，是啊！市场里的人都惊讶了，说，多少年了，只见那个神经病在市场里走来走去，人们都不敢惹她，也讨厌她摸商品，人们甚至怀疑她偷东西呢？可她今天买了我的东西！买，你知道吗？拿钱买。我说，那有啥奇怪的。她要买就卖给她好了。妻子说，可她是神经病啊？我们以前都不理她的。

腊月里的一个双休日，我给妻子帮忙照看生意。那个女人又来了。这次来的不是她一个人，一个男人，还有一个虎头虎脑的儿子。男人黑，儿子也黑。女人要买那件大红的夹克，男人要买那套天蓝色运动服。两个人意见不统一，男人拉了儿子往外走，女人拽了男人不让走。女人说，就在这家买！男人说要买就听我的，买那套运动衣。女人说，就按你说的买，行了吧?!

衣服买好了，男人对我说，我老婆有病。她说这个市场就你们把她当人看。所以买啥都要到你们这里来买。女人看了看我和妻子，破天荒羞红了脸。我看到妻子的脸也羞红了。

我问男人，她的病好了吗？男人说，本来就不是很严重，一直在吃药。妻子说，那就好！病好了就好！女人始终没有插一句言。但我分的看到，女人的眼里有泪花在滚动。

我的一次不明就里的宽容竟然换来了女人的理解和信任，这是我没有想到的，也是妻子没有想到的，更是市场里的人没有想到的。

第八辑

官场

万老与老万 / 小城诗草

无话可说 / 人人都能做领导

年糕 / 残疾人 / 白菜心

官场生活体验馆

万老与老万

那时候，小王刚刚从基层调到市委给万书记当秘书。小王年龄并不小，四十五岁，头发都有点稀疏了。大学毕业先在镇中学教语文，在全县语文科教学评比中，小王总是名列榜首。课余时间，小王更是笔耕不辍，不时有作品见诸报端。不久，通过疏通路子，红包开道，小王被借调到市委宣传部。当小王的又一个短篇小说在省上获奖后，一下子被市委万书记看中，调到自己身边当起了贴身秘书。

小王受宠若惊。记得一本书上说过，只要你努力，聪明，加上体力好，总会有成功的机会。现在，经过十多年的含辛茹苦，勤勤恳恳的努力，终于出人头地了。更要感恩戴德的是万老（小王从一到万书记身边就称呼万书记为“万老”了，虽然万书记只有五十二岁）。

“万老，这是城建上关于拓宽街道，强行拆除为违章建筑的报告……”

“万老，这是教育局关于增加退休老教师福利的提议……”

时间到了八年后，万书记退居二线，小王（现在该称为“王书记”了）经过八年时间的磨砺，由书记秘书，宣传部副部长、部长到市委副书记、一跃成为Z市一把手了。在交接班茶话会上，王书记作了就职演说，致了欢送万书记的欢送词。他说“万书记在就职期间，为我市的经济繁荣和基础建设作出了巨大的贡献，我们一定要以万书记为楷模，把我市的各项工作搞上去……”

五年后，万书记已完全退出政界，闲居在家，养鱼弄花了。一个夕阳西下的下午，在市委门前的广场上，王书记与万书记不期而遇。当年的小王已是红光满面，大腹便便了。而万书记却是满头银发，面现黑斑。

“万……老万，近来身体还好吧？”

“……”万书记愕然无语。

小城诗草

《落霞》是小城唯一的一份报纸，主编鱼得水在第四版特意开了一个栏目叫“诗版图”，每周出一期，专发本地诗歌爱好者的习作。还别说，就是这方小小的阵地竟培养出如才女惠子这样全国知名的诗人呢。

小城升格为市后，《落霞》摇身一变成为《洛城日报》，鱼得水不当主编了，主管文艺版，他仍然保持了他的“诗版图”。每个周末出一期，推出一个、两个有实力的诗人作品，或者有潜力的诗歌爱好者的诗作。“诗版图”在洛城诗歌界以至周边县市文学圈子都有很大的知名度。鱼得水也常常引以为豪，说这是他一生为洛城作出的最大贡献。

这一天，鱼得水收到一份自由来稿，两首诗。署名是李一。鱼得水戴上阔边眼镜看下去：

宁洛桥竣工有感

宁洛相携手，川河架大桥。
交流南北货，友谊万年牢。

洛城今日更妖娆

馒头银塔耸云霄，橡坝清波映五桥。
白玉栏杆七彩阁，洛城今日更妖娆。

看完了也就完了。鱼得水把它放到一边，又去看另一首新诗。这个周末版，鱼得水在“诗版图”里发了相邻那个县两个很有实力的青年诗人的诗作。

上午八点半，鱼得水接到内线电话，主编找他。主编给鱼得水泡了一杯

"洛城新茗"，说，老鱼啊，你最近是不是收到一份署名李一的诗稿？鱼得水把那个李一的稿子早忘了，要不是主编提醒，他连李一这个人名都记不起来。鱼得水用右手拢起来的五根手指敲敲头发灰白的脑壳，说，你瞧我这脑子！越来越没记性了。哦，想起来了，是有一个署名李一的稿子，好像是两首古体诗。对，严格地说，是很平常、很没有诗意的东西。主编笑了笑，老鱼啊，你知道那是谁写的吗？是市里李市长写的。鱼得水睁大了惊奇的眼睛，李市长!？不可能吧？怪不得署名李一，也没有通信地址的。主编说，他刚才给我打电话了，说他很喜欢你主编的文艺版的，也是"诗版图"的忠实读者。他还说能入你法眼的作品都是好东西啊。好了，你去忙吧。下期把那两首诗发出来。

李市长的两首诗发表后，他给鱼得水写来热情洋溢的信，说他小时候就很喜欢中国的古典文学，唐诗宋词一直不离身的。鱼得水看着随信附来的诗稿只有苦笑：

题贪官

山外青山楼外楼，贪赃枉法几时休。
包厢熏得官人醉，丢掉乌纱作罪囚。

陕南即景

男男女女遍山冈，种草兴林镇日忙。
秃岭修成金字塔，移民致富奔小康。

发还是不发？这已经不是鱼得水一个人说了算的事。鱼得水只好扩大"诗版图"的版面，在发"李一"诗的同时再发一首自己中意的诗作。有读者打来电话，说"诗版图"变味了，有点臭。鱼得水何尝不知道啊？下期出版时，他把经营了十几年的"诗版图"改版为"小城诗草"。

"小城诗草"没有发几期，让鱼得水没有想到的事情又来了。由于李市长诗歌的发表，小城掀起了一股写古体诗的风潮。政协主席寄来一首词：

一剪梅　洛城

我爱洛城好地方，洛水汤汤，蟒岭苍苍。千秋名胜换容光，猿迹辉煌，鸟迹辉煌。公路条条通四方，货运繁忙，客运繁忙。高楼大厦遍城乡，百业荣昌，百姓安康。

水泥厂厂长寄来一首诗。

洛城水泥厂

青山绿水洛河旁，广厦高楼大厂房。

年产水泥千万吨，支援城乡换新装。

鱼得水找到主编，递上辞呈，说，我干不了，我辞职。不干了。这个“诗版图”也该寿终正寝了。主编不急不慌，又给鱼得水泡了一杯“洛城新茗”。说，老鱼啊，你不能走。那些写诗的人不都是冲着你的法眼，你的名气嘛！这样吧，我们变通一下，你那个“小城诗草”不是就变通的很好吗？从下一期开始，我们不叫“小城诗草”了，叫“黑板报”。你看行吗？

鱼得水回家和老伴说了，老伴问，工资没少吧？鱼得水说，不关工资的事。老伴就说，那就出黑板报吧。不就是照搬现成的东西，也省得你用脑子。

鱼得水想想也是。这一晚，他倒睡得很香。

无话可说

他原来不是这样的。那时候，我们上高中，他给我写了那么多的情诗，并且在那个有月亮的晚上，给我大声地朗诵。在教室，他也是没话找话和我说个没完，连我的同桌都嫉妒得要死。可他现在进门都懒得和我说话。

……

结婚前的事咱就不说了，就说结婚后吧。每次回我父母家，他也是和我爸有拉不完的话，爷儿两个都爱好下象棋，在棋盘上都没有父子之情了，往往争得脸红脖子粗。我妈在一旁骂我父亲没正经，背后倒直夸女婿好，不生分，这哪是女婿简直就是儿啊。他的嘴甜，左一声爸右一个妈，喊得我父母屁颠屁颠地给他做好吃的，拿好用的。对我这个女儿倒说了不少不是。

……

咱就说他当了团委书记的第二年吧，他不知那根筋不对了，闹着和我离婚。当时女儿都六岁了，刚上一年级，跟着我住校——我那时在郊区小学教书。想着才结婚那会儿，工资都低，又要供他弟他妹读书，孩子又小，多困难啊！好不容易苦日子过去了，他现在才一当官，就要和我离婚，我当然不答应。那时他多能说话啊，又是给我许诺离婚后给我的补偿，又是在法庭上振振有词地陈述离婚的理由。简直是出口成章，口若悬河啊。

……

我们当然没有离婚。

他说话少了是当了城关镇书记后的事。他当了城关镇书记后，我就顺理成章地进了城关中学。那时候，我发现他已经是凡人不搭言了。对上级领导是唯唯诺诺，对下级部属是抬头挺胸，目不斜视。只是在开会时，坐在主席台正中，手里拿一份打印好的讲话稿，该高的地方声音放大，该低的地方声音放小。有时候，由于不用脑子，都讲出笑话了。“转下页”就是他念出的笑话。

我和他下午出去散步，熟人见了打招呼：“出去啊？”我说“出去啊。”同事见了，说：“散步啊？”我说“散步啊。”他一言不发，背挺的很直，脸挺的很平。回到家，我说他，人家和咱打招呼，你也应一声啊，别总端着个官架子。他倒说，那不尽说些没用的话吗？明知道出去还要问出去啊？明知道是散步还要问散步啊？不就是废话吗？

……

到后来，他当了县长，话就更少了。据他身边的人说，整天黑着个脸，好像人家都要和他争位子似的。平常下班了，政府楼上的人见了他都和他打招呼，他高兴了点一下头，不高兴了就当没看见。但人家还是要和他打招呼。我就劝他以后人家问你话也答应一声，他说，对下属就不能多说话，没听说“言多必有失”吗？过年过节，他和一干人去下面看望特困户，只有在那个镜头里，我们才能看见他的笑脸，听见他说的一句话：“我代表政府来看你们了！”

……

五十多岁的时候，他终于当上了县上一把手。他这时候已经很少说话了。他说的最多的一次话是省委书记视察防汛工作从我们县经过，在我们县逗留的那一天。电视镜头里，只见他左手给书记撑着一把雨伞，右手给书记指指点点，面前是滔滔的河流。

我们听到他的声音大多时候是他在讲话而不是说话。坐在主席台上的他，总是面无表情地、长篇大论地、一成不变地讲他讲了不知多少次的话，有时候把“工业”换成“农业”，把“N 年”换成“F 年”……出了会议室，走出县委大院，回到家，他就没有话说了。

……

更严重的是现在，他到了市里当政协主席，整天窝在家里，根本就不去上班。我是退休了，买个菜，做个饭，看个孙子。他呢，靠着沙发看报纸，手一动不动，眼睛也是一动不动，这哪里是看报纸，分明是发呆。喊他吃饭了，喊三声都没反应。让孙子去拉，也没一句话，坐到饭桌上，也吃得没滋没味。

我劝他，下楼去，和那些老头子，老太太拉拉话，跳跳舞。他用异样的眼光看我“那是我能做的吗？”再没有第二句话。有时候，他会翻出过去的讲话稿，很有一种讲话的冲动，可看看没有听众就只好叹息一声放弃了。

……

过了半年，他彻底从官位上退下来了。深居简出是他真实的写照。儿子劝他，到省城待一段时间吧，也让儿子尽尽孝，他摇头；女儿说，到我那儿去吧，春城，四季如春的。他还是摇摇头。

那天晚上看电视，电视里正播放老年大学的学员作品展。第二天，他就买来笔墨纸砚，开始临帖，开始做画，开始写古体诗。

写字了，画画了，做诗了，他的话就更少了。

这不，我前天才发现，他今年一年都没有说话了，就千方百计让他开口，谁知他一张嘴竟说不出一句完整的话了。囫囵囫是一个哑巴。

医生，您不能光听我说，您也说一句话啊！您说像他这种情况还能看好吗？

人人都能做领导

领导是在那个暖冬走进吴子旭的家的。领导坐着黑色轿车，从黄沙岭南边去北边上任。随同领导一起赴任的是一个司机。领导一直住在大城市，很少见到满山红绿相间的树叶，树叶之上湛蓝的天空和那棉花垛一样的白云。领导对司机说，开慢点，开慢点。轿车就像一只黑色的蜗牛，在盘山公路上踯躅爬行。领导在绿树掩映里，看到三间忽隐忽现的白墙灰瓦房子，看到门前池塘的绿水，绿水里白毛红掌的鸭子，岸边悠闲散步的吴子旭，领导就在心里说，世外桃源啊！

领导就下了车，径直走进了吴子旭的家。吴子旭抬头看见领导，惊讶之后是摇头。领导也抬手揉了揉眼睛，领导甚至用手去吴子旭的脸上摸了摸。领导说，你是我吗？吴子旭说，你是我吗？吴子旭同样用手在领导的脸上摸了摸。吴子旭和领导真是一个模子里刻出来的，个子高低，身材胖瘦、一样的肥头大耳、一样的凸肚挺胸。如果穿了同样的衣服，外人根本分不出仲伯。领导忽发奇想，我就在这儿“白云人家”了，让吴子旭去做领导。领导把这个意思告诉吴子旭时，吴子旭惊得张大了嘴巴。吴子旭把手摇得像个蒲扇一样，连说，使不得，使不得！我不是做领导的料。领导说，你不做咋知道不是做领导的料。人人都能做领导！领导说着话，就脱了自己的衣服。领导强迫吴子旭穿上自己的衣服，领导甚至把他随身的手机也给吴子旭了。领导把吴子旭拉到镜子前，领导看着镜子里气宇轩昂的吴子旭，再看看刚刚换上吴子旭衣服的自己，领导对吴子旭说，看看，谁更像领导？吴子旭红光满面没有说话。领导又说，什么时候领导做烦了，就来找我。你要高兴做领导，就不要回来了。吴子旭说，领导啊，你也教我几手做领导的秘诀嘛。领导说，“哼哈”二字。

领导和吴子旭走进轿车时，司机有点等不急了。司机把吴子旭让进轿车，连正眼都没有看领导一眼，就把领导扔在了黄沙岭。

吴子旭做了领导，只须板着一张脸，遇到有人打招呼“哼”一声就过去了。吴子旭走进办公室，屋子刚刚收拾过，窗明几净，一尘不染。檀香木办公桌上，一台液晶电脑打开，电脑旁是一盒芙蓉王香烟，烟盒旁是个很精致的烟灰缸。吴子旭大了胆子坐上高靠背的椅子，屁股放在真皮椅上就是和放在硬木凳子上感觉不一样。吴子旭看着阔大的房子里就他一个人，好半天也没有人来理他，就握了鼠标乱点。还别说，点了就看进去了。先看新闻，什么猪吃人，人咬狗。再看美女，看明星绯闻。然后看地震、看神舟六号。看这些的时候，吴子旭先是抽了一支烟，抬头看看门，见没有人来，又抽了一支烟。吴子旭看了神舟看美女，看了美女看老虎。烟抽得多了就喝茶，茶喝多了就抽烟。也不知过了多长时间，有人敲门。吴子旭去开了门，慌的秘书脸色大变。秘书说，陈××（吴子旭这才知道领导原来姓陈），该下班了。吴子旭“哈”了一声，秘书缩了头退出去。

吴子旭去开会。吴子旭展开面前的纸笔，准备记录会议内容时，看到周围的人都投来诧异的目光，就停止了伸出的手。吴子旭看到与会的人都两个肩膀抬一只脑袋，有的摇头晃脑在谝闲传，有的拿了桌上果盘里的水果放在桌子底下吃。吴子旭才知道领导也就是如此。边上有人喊他，嗨，老陈吗？吴子旭“哈”“哈”模棱两可，那人就点头，就做了握手的姿势。吴子旭又“哼”了一声，那人的手又缩了回去。

第一次做报告时，吴子旭有点怯场。有几处险些出错。但往往这时候，台下有人首先鼓掌，有人鼓掌，台下全部鼓掌。鼓掌的时候，吴子旭就停顿下来，重新看报告。吴子旭作完报告，场上掌声雷动。

吴子旭知道当领导就是喝茶，就是看报，就是在电脑上打牌、下棋、和那些“美女”聊天，就是对上开会、对下再开会。吴子旭厌倦透顶了。这一天，吴子旭坐车经过黄沙岭，车行到他家附近时，吴子旭让司机停了车，径直走进了他的家。吴子旭看到领导微闭了眼睛坐在院坝里，领导的腿边卧着他那条皮毛光滑的土狗，院子里有几只鸡在悠闲地散步，地上落满了金黄的叶子。在一瞬间，吴子旭明白了什么才是真正的幸福。吴子旭紧走几步，站在领导身边。吴子旭喊，老陈！老陈！领导眼都没有眨一下。吴子旭不得不用手拍了领导肩膀一下。再喊一声老陈。领导睁开眼，看见吴子旭。领导说，你是谁啊？哪来的领导？吴子旭说，我不是领导，我是吴子旭。领导说，你错了，我才是吴子旭。吴子旭说，你不是。你是领导。领导站起来，走进西边的牛棚。领导牵出两头牛，又放出几只羊，拿了鞭子在空中“啪”地甩了一个鞭花，又唤了声“虎子！”那只土狗“呼”地冲到他面前，对着吴子旭“汪汪”地叫。领导说，你看，我还是领导吗？领导说完这句话，吆了牛羊上山，把吴子旭一个人孤零零地扔在院坝里。

年 糕

婆姨站在窑洞门前，夕阳的余晖透过硷畔那几株枣树的枝丫，把金黄的光均匀地洒在婆姨的身上。婆姨的脸上就呈现出一种平和、安详、幸福的光芒。婆姨身后的格子门窗上贴了婆姨亲手剪的“狗狗”和大红的“春”字。那对联、那窗花、那人构成一幅多么和谐的画面

不是说今晚有贵客来吗，怎么还不见人影？

婆姨这样想着，就又抬头向硷下望去。只见硷下的小路上有一行人正指指点点、说说笑笑地走上来。

婆姨转身就走进了窑洞，爸，妈，有人来了！公爹和公婆在窑洞里忙着收拾早已拾掇得干干净净的房子。

三人赶忙迎出来，这一行人已来到院子里。为首那人看上去五十出头年龄，头发理得很整齐，方脸，刮得很干净，戴一副眼镜，穿一件深灰色呢子短大衣，文质彬彬的像一个大学教授。教授身边的人有一个婆姨是认得的，那是年前来过的县委李书记。

李书记给教授介绍说，这就是刘卫国同志的家。

公爹走上前，和教授握手。教授说，英雄之家啊！年货都置办好了吗？

公爹说，好了，好了！都置办好了！

教授看了看窑洞门上、窗子上活灵活现的窗花，笑着说，陕北的剪纸好啊！

走进窑洞，教授看看屋里明光锃亮的家具和新买的29英寸大彩电，嘴角露出满意的微笑。教授又走过去用手握了握床上的被子，厚厚的。走进厨房，看着满袋的面、满袋的米、满桶的油，教授笑了，看到案上花瓷盆里预备做年糕的软黄米面，教授说，好啊，咱们一起做年糕吧！

婆姨、公婆、教授各拿了枣木棍开始在盆里搅动。搅着、搅着，婆姨不由自主地哼唱起来：东山的糜子西山的谷，金灿灿的丰收就在山里头……

教授就问，你那位兵哥哥没来电话啊？

婆姨说，哨所不通电话的。

教授说，想他吗？

婆姨不语。

教授说，好男儿保边疆啊！

年糕面和好了，教授脱去外套，亲手用刀切成椭圆的薄片。他的动作是那样的熟练，切出的年糕是那样的匀称。

一行人围坐在圆桌上，吃着教授亲自油炸的年糕，拉着家常，说着吉庆的年话。教授就问公爹，老刘啊，听李书记说您腿上的弹片还没取出来呀？

公爹说，不碍事！留个纪念吧。

婆姨知道，李书记之所以把贵客领到她家里是因为爷爷是老红军，公爹参加过抗美援朝战争，自己的丈夫现在还在边疆哨所啊。

这时候，门外传来男人粗犷的信天游：

热腾腾的年糕唉嗨唉嗨吆

摆上桌唉嗨唉嗨吆……

大年初一晚上，婆姨在电视里看到了那一行人在自己家里做年糕的场面。婆姨这才知道，那个看起来是那么平常、那么随和、那么亲近的人原来是省上的书记啊！

婆姨揉了揉眼睛，有点不相信地看了看坐在身边的婆婆。婆婆也说，那哪能呢？公爹说，咋能不是呢？那不是李书记陪着嘛！

一家人就都醉了，醉在狗年的春节里。

残疾人

认识马书记是在一次酒桌上。2009年的秋天，县文联和耳东镇联合举办“首届釜山红叶节”，邀请了省上、周边各县文化界人士登釜山，赏红叶、赋诗文。第二天早上，有关部门和文化界人士在政府宾馆举办了“釜山红叶高端论坛”。

酒席上，一高一矮，一胖一瘦、一黑一白两个人在各个酒席间劝酒。我身边的朋友介绍说，那个矮的是镇长，瘦高个是书记。我注意到白白净净的书记长着一张书生脸，他的手里举起的是一个茶杯。

书记和镇长来到我们席间的时候，卡壳了。我们席上的老吕就是不接书记的酒。老吕说，书记啊，这不行，哪有敬酒的人自己不喝酒的理。老吕是我们这个席上年龄最大的，他不喝，下面的节目就进行不下去了。走在书记身后的镇长站出来，说，我们书记不喝酒，我替他喝。老吕说，我一会和你大战三百回合。现在是我和书记喝。书记顿了一下，说，我是一个残疾人。

老吕上上下下把书记看了看，不相信地摇摇头。书记说，去年两会时，我同样给县长敬酒，县长说，你自己端着茶杯给我敬酒，我不喝。我说，县长啊，我是一个残疾人。我这个残疾人给您敬酒，你总不能不喝吧？县长同样看了看我，疑惑地摇了摇头，端起酒杯一饮而尽。老吕同样没有问书记哪儿残疾了——那是人家的隐私啊。老吕举起酒杯一饮而尽。

就这样，马书记用一只茶杯敬了满场的酒。

席间，酒酣意浓时，开始讲段子。和我们同一桌的镇长忽然说，想不想听听我们书记残疾人的故事？老吕第一个支持，早就想问呢，没敢问。看着好好的一个人，咋就是残疾人了？黑矮的镇长一笑，露出白玉似的牙齿。一次，我们辖区一个矿上老板宴请我和马书记，酒足饭饱后，老板把我们领到洗脚城。洗脚出来，进入休息室，老板不在了，进来两个花枝招展的女孩。书记一拉我，快走！我们前脚迈出门，就听后边那两个女孩同声说，残疾人！

我们这个桌上的人都笑了。

后来，镇长说，我私下里就喊我们书记残疾人。正在这个时候，书记也走过来，说，又在我背后说我啥坏话哩？镇长说，给大家讲你的残疾人来历哩。书记就一笑，我这个人就是十足的残疾人。就说这酒席上，一不会抽烟，二不会喝酒，你说是不是残疾人？

哦……老吕这才知道，残疾人原来是这样啊。我们就都在心里说，这个书记还真是个清官呢。软硬不吃，鸡蛋没有缝，不是清官都难。

一转眼，就是秋天了。

当我们一行兴高采烈地从省城赶到釜山，登山赏红叶，同行的诗人诗情大发，站在高山之巅，面对满山红叶激情朗诵；歌唱家放声高歌；也有背了画夹的，就用两块石头支了画夹，刷刷写生；更有那些拍客，长枪短炮，满山转悠着抢镜头。我们下山后已是夜幕时分了。在山下一片广阔的野地里，篝火燃起来，男男女女载歌载舞。

第二天的酒席上，见到那个矮子镇长，没有看见书生气的书记，我就悄悄问身边本县文联主席，残疾人呢？主席一惊，残疾人？我说就是那个马书记啊！他恍然大悟似的，你说他啊！出事了。受贿一百多万。

不可能啊？他是个“残疾人”！

主席笑笑，这个世界没有不可能的事。只有想不到，没有做不到的事。

一桌子的人就都不说一句话。

白菜心

三十多年前，成琳费尽周折，从陕南山里这个叫柳林的地方回城。汽车翻过秦岭时，成琳发誓再也不踏进这个地方一步，就连秦岭也不想再翻了。可事实上，就连成琳自己也没有想到，现在，他又一次来到这个他生命中最煎熬、也最不能忘记的地方。

当年的朋友——柳林大队老队长的儿子，现在已经是忆城主管城市建设的副县长。一见面，听到成琳提起当年的插队生活，副县长握了握成琳的手，你就是成琳啊？胖了，富态了。我都认不出来了。我是二寨哇！二寨？成琳脑子里过电影一样搜寻二寨的影子。终于在他油光满面的国字脸上找到一丝当年的印象。

二寨是牛县长的小名。如今已经没有人叫他的小名，也没有多少人知道他还有这个土得掉渣的小名。如果不是为了让成琳——省城房地产开发老总尽快回忆起他来，牛县长绝对不会说，我就是二寨哇！

握手，打哈哈，在小城富丽堂皇的豪门大酒店吃过接风宴、然后去“天籁之音”歌房k歌，最后一行人去了“真草堂”足浴房。当他们惬意地躺在豪门酒店最豪华的客房里谈天说地时，成琳投资忆城近一个亿的房地产项目意向初步达成。

牛县长说，我们是朋友，说话就不拐弯抹角。咱们当年待过的地方，也就是柳林，你知道，那时候从那地方到县城要走一个多小时。现在呢，已经融入城市十分钟圈了。城市框架在拉大，东扩西延势在必行。柳林那个地方规划为新区，连接迎宾大道。大道两旁的地皮寸土必争、寸土寸金啊！本地的房地产业家底薄，啃不动，只好求助你老兄了。成琳说，哪里哪里，我们是互动双赢啊！争取把最好的地段做下来。

那个下午，成琳他们一行驱车不到十分钟就到了柳林社区。柳林这个自然村，南北两边是南塬、北塬，坚硬的红胶泥，挺拔的杨树在这儿都长不高、长不直，满身是肿瘤一样的疙瘩。更别说长庄稼了。天旱庄稼不长，雨涝草木滑坡。中间是一条夹在南北二塬的自然河——忆河。同样是大旱没水，暴雨冲走人畜的灾难河。当然了，这说的是当年的情景。现在展现在成琳面前的柳林社区，宽阔的二级公路从村子中间穿过，在公路与河流中间，是平展展的田野、村庄。成琳知道，这一片片肥沃的土地都是当年手提肩挑，土法爆破、独轮车运输的人造平原。

牛县长指着这一片片平展展的土地说，一座座高楼就要在这儿竖起，宽阔的街道、明亮的夜景、美丽的花园，一座现代化城市将要在这里崛起！

成琳在牛县长诗朗诵般的豪气里惊醒。思绪一下子从三十年前拉回现实。

是啊，这的确是一块好地方。

夜，已经很深了。成琳一个人来到柳林。他徜徉在绿柳围成的河堤上，月光下，眺望一河两岸平展展的土地。心里感慨不已。

月亮，忽然钻进深厚的云层里。夜空如墨。

成琳正要顺原路返回，耳边忽然传来一阵号子声。成琳看见，有四个男人光着膀子，一人手里拽着一根麻绳。只听中间一人喊一声：“对面走来一头牛嗳!”其他三人喊：“嗨哟!”四根绳拴住的方形石夯“呼”地腾空而起，遽然落下。中间那人再喊：“牛头对着马面嗳嗨!”其他三人喊：“嗨哟!”四人一起发力，石夯“呼”地再起，再次狠劲砸下来。边上果然走来一红脸大汉，正好和一穿大红夹袄的女人撞个满怀。四周爆发出哄然大笑。成琳认得那红脸大汉就是二寨——牛县长的爹。那个女人是小宁的妈马粉盈。看到小宁的妈，成琳就看到小宁在不远处正领着铁姑娘突击队的姑娘们用扁担挑着箩筐，把一担担的土往河滩里挑。成琳不由自主地走过去，他看见寡妇马二婶的儿子才八岁，正推着一辆独轮长把车，车上放着两箩筐土，正撅着屁股，猫着腰，把母亲挖的土往河滩里倒。成琳注意到马二婶的儿子脚上是破了洞的棉鞋，一只大脚趾已经露出来了。陈琳赶到小宁跟前时，小宁正扬起袖管擦脸上的汗。小宁乌黑的辫子用红头绳扎着，一个在肩后，一个在胸前，随着小宁胳膊的活动，辫子一闪一闪，高耸的胸部也一闪一闪。成琳喊一声，小宁！小宁看他一眼，不理他。成琳就喊，小宁！是我。我是成琳啊！小宁睁大惊讶的眼睛，看成琳。小宁还是没有吱声。那边二寨的爹和小宁的妈撞了个满怀，又被打夯的根生他们喊号子取笑，闹了个大红脸。本来就红的脸膛更红了，连脖子也红得发烫。二寨的爹匆匆走过来，正好看到成琳在和小宁说话。二寨的爹看看成琳，说，这不是知青之家的小成吗？长出息了！啥时候回来的啊？

成琳刚要答话，一阵风刮来，眼前的人忽然都不见了。成琳看见月亮从云端里出来，给空旷的田野涂上一层银色的光亮。成琳揉揉眼，好像做了一场梦。成琳这才看见前面不远处，立着一块石碑。成琳走过去，用手一摸，冰凉如水。成琳在月光下看到石碑上刻着“农田大会战纪念碑，一九七九年立”字样。成琳转过身，看石碑的背面，密密麻麻地刻着名字。月光下看不仔细。成琳刚要凑到跟前看，月亮又“呼！”地钻进云层里。成琳的眼前忽然就飘扬起无数面红色、黄色、绿色的旗帜。这些旗帜在凛冽的北风里呼啦啦地响。成琳看见在插旗帜的梯田上，“农业学大寨”的标语闪着红色的光芒。再看那边河堤上，“鼓足干劲，力争上游，多、快、好、省地建设社会主义”“大搞农田基本建设”等红色标语看得人热血沸腾。成琳心里说，这是怎么了？时光倒退了吗？还没等他想明白，忽然，“轰隆”一声，就听见有人喊，塌方了！塌方了！成琳看见穿黄色军便服的小宁发疯似的跑过去，他还看见寡妇马二婶顾不上敞开的大襟棉袄快步向发出响声的地方跑去。工地上的男人、女人、小孩喊着、哭着拥向一个地方。忽然，又是“轰隆”“轰隆”两声，这次是爆破声，漫天的石头、土块像冰雹一样砸下来。成琳想躲，可看见天上飞舞的土块、石块，那儿能躲得过去啊？奇怪的是，这些土块石块一个也没有砸到成琳的身上。

就在成琳四处躲藏、逃避时，月亮缓缓钻出云朵。一切又恢复平静。成琳摸摸惊魂未定的心，看见石碑正面第一个名字就是牛建国，牛县长二寨的爹。接下来依次是杨芬娥，马粉盈——小宁的妈，牛小宁，苏惠，寡妇马二婶，牛根生——那个打夯喊号子的汉子……

一阵冷风吹来，成琳不由打一个冷战。当年成琳就是吃不下日夜奋战，大搞农田基本建设的苦，才下决心离开热恋的姑娘小宁、托人走后门离开柳林这个陕南农村的。他没有想到的是，在他走后的第三年，小宁、小宁的妈、老队长几乎二十多人永远地埋葬在这块他们热爱的、充满希望的土地上。

第二天，成琳告别牛县长二寨准备回到省城。牛县长始终弄不明白，前几天还说得好好的，怎么隔了一个晚上，成琳就变卦了？成琳临走时，单独约见了牛县长，他对牛县长说，我们是朋友，说话就不拐弯。那片地，你也知道是柳林人的白菜心。来的不容易啊！我不忍心，你就忍心嘛？记住，你原来的名字叫二寨啊！

忆城后来出台了一项决策：任何工程都必须向基本农田让路。当然，这是牛县长主政后的事了。

官场生活体验馆

是一个太阳西沉的傍晚，我正百无聊赖地走在仕途路上。当眼睛和路两边的门面就要产生疲劳感时，我忽然被那个招牌吸引。招牌挂在仕途路上最高的建筑物“十八层”门面边上，白底黑字——官场生活体验馆。

我一直弄不明白，小城这个标志性建筑明明只有十七层，为什么起了个“十八层”的尊名，是为了说明它是小城最高的建筑，还是迷信“八”的吉祥？

我毫不犹豫地走进官场生活体验馆，是因为我他妈的一辈子缺的不是钱，缺的就是没有领导别人的优越感。

接待我的是一个漂亮的女生。门上挂着“信访办”的牌子。漂亮女生给我介绍，我们这个官场生活体验馆就是要让全天下的百姓都来体验一下当官的感觉，释放一下被人领导的郁闷之气。当然了，我们是要收费的。一万、五万、十万三个档次。这里说的虚拟币，折成人民币就是一千、五千、一万。档次不同，体验的官场层次就不同。先生，您想体验哪个层次？

我说过我最不缺的就是钱。我掏出信用卡，说，最高档次的。漂亮女生说，对不起，我们只收现金。我们这儿有银行，您可以去十七层银行取出现金。我直接坐电梯上到十七层，在电梯的左侧我看到的不是银行，而是挂着“检察院”牌子的办公室。我又走到电梯的右侧，从银行取出现金。

漂亮女生给我办了手续，叮咛我，你的体验时间是二十四小时。在这里，一小时就是外边的一年甚至更长。在这一个时段里，你可以兢兢业业地工作，也可以上下钻营地跑官。漂亮女生又诡异地一笑，这一切都是虚拟的，你完全可以跟着你的感觉走。

离开漂亮女生，我看到两边紧闭的门上都挂着××办公室的牌子。我走进自己的办公室，马上就有两个穿西装的年轻男子毕恭毕敬地叫我科长。有一个接过我脱下的大衣挂到门后边的衣钩上，另一个马上就端来了泡好的茶。我坐在真皮沙发椅上，品一口茶，开始翻当天的报纸。看完新闻，西装男子给我递上需要我过目和签字的文件。

由于我兢兢业业的工作作风，我的职位在不断提高，转眼，我已经在八楼上班。我刚刚坐在办公室，办公桌上的电话就响了。给我打电话的是一个以前和我打过交道的朋友，他说他已经在十一层聚仙阁等我了，请我务必不要驳回他的面子。我知道小城人民路有一家小城最上档次的酒店就叫“聚仙庄”。想必这个“聚仙阁”也是花天酒地的好去处。我这一辈子都是请别人吃饭，难得现在有人请。其实我不缺吃山珍海味，缺的是被请的感觉。这样想着，我就坐电梯直接上了十一层。我这才知道十一层原来是个高档酒店。就在我和朋友走到聚仙阁，已经看到里面有不少人站起来做欢迎状时，我的手机响起来，原来是母亲打来的。母亲说，狗剩啊，记着早点回家。你的身体你知道，千万不要喝酒啊！

我一惊。我是不能喝酒啊！

我像马蜂蜇了一样仓皇而逃。

当我坐在九层办公室的时候，我的秘书是一位漂亮迷人的女大学生。我的起居饮食她都要替我操心，包括我的衬衣领子是否有一点污垢，我的胡子是否刮得很净。不用说，出入自然成双成对了。时不时的，漂亮迷人的女秘书会把她香汗淋漓的身子往我身上靠。说实话，每当这个时候我就会想起和我同甘共苦一路走过的妻子。我的妻子在十八岁那年也和这个我身边的妙龄女子一样青春靓丽，可现在，她毕竟是人老珠黄了。有几次，我差点就要做了女秘书的裙下之鬼。可往往就在节骨眼上，我的电话就响了。打电话的还是我母亲，狗剩啊，你媳妇又给妈买了一件好衣服，从专卖店买的呢。妈穿着可合身呢。

我刚刚燃烧起的兴致就被这个电话破坏了。我真的很烦，听我的女秘书说，再上一层，我的官场生活体验就到最高境界了。我还奇怪，怎么只有十层，不是说有二十四小时的吗？我可是几乎一个小时一个台阶的上啊？不对，我在这个九层已经三个小时了，升职任命迟迟不见到达。我检讨了我这一时期的工作，仍然和我初进来时一样兢兢业业啊。也没有犯过什么过错。漂亮迷人的女秘书一语道破天机，你还记得和你一同进来的那个瘦子吗？人家可是在十层坐了很久了。官大一级压死人啊！你知道他是怎样上去的吗？有钱能使鬼推磨！

我开始想着我以前的做法是不是错了？你兢兢业业的工作，有人赏识也有人说你傻啊。我说过我最不缺的就是钱。我又一次来到十七层，就在我走出电梯时，忽然看见那个女秘书说的坐在十层办公的瘦子隔着玻璃坐在“检察院”。我也管不了那么多，从银行取出十万元。

当我重新坐到我的办公室时，漂亮迷人的女秘书笑盈盈地递给我一张任命书。我可以直接去十层上班了。女秘书说我，老板，您可是真人不露相啊！暗暗打通关节连我也不知道。不过，你可要小心了。知道吗，那个瘦子被下十八层了。

十八层，往往让人联想到地狱之门。想起我在检察院看见瘦子的情形，我伸手进入口袋，掂掂厚厚的十万元钱，头上不由得冒出冷汗。

十层的办公室宽大明亮。这样宽大的办公室里只有我一个人办公。秘书是一个整齐干净的年轻男子。他告诉我，我就是这个大楼里的皇帝。大楼里所有的人员和钱财都可以由我支配。十一层到十六层吃、喝、玩、乐、赌、毒一应俱全，想怎样享受就怎样享受。我走到宽敞的落地玻璃窗前，俯视脚下小城熙熙攘攘的街道，我的虚荣、满足感油然而生。这一生，我终于过了一回人上人的生活。

这时候，我的电话响了。接起来是秘书的。他说一个叫黑头的人说是我的朋友想来见我，问我见不见？黑头是我穿开裆裤的朋友。这几年在小城搞房地产发了。想不到他也来到了“十八层”。我想着闲着也是闲着，就说，你让他上来吧。

黑头来到我办公室时，我正在低头看当天的新闻。我们这座小城的一把手昨天被双规了。黑头进来就说，想不到你老兄先我一步高升了。

黑头说，咱俩是穿开裆裤的朋友，说话就不用拐弯。我这儿是二十万，你老兄在上面美言几句，就把你的位子让给我吧。

我还没来得及说话，我的手机又不合时宜地响起来。仍然是母亲的，狗剩啊，快回来吧，都一个晚上了还不见你的人影。你知道妈多操心吗？妈昨晚一晚上都没睡好觉啊？

我一惊，赶紧给母亲打电话，妈，我马上就回来，您别着急啊！

黑头站起来，握了我的手，使劲摇。黑头说，哥们，你不愧是我的好哥们。你是我这个体验馆开张以来第一个堂堂正正从正门走出去的“好官”。

我和黑头坐电梯下到一层大厅，整个大楼的工作人员已经在等着欢送我了。我这才知道这个“官场生活体验馆”是黑头投资开办的。离开体验馆前，我问黑头，明明是十七层，为什么叫“十八层”啊？黑头说，十八层是地下室，是给那些落马的“官员”劳改的地方啊。那些贪污受贿、吃喝嫖赌的“官员”在十七层“检察院”起诉后就去十八层洗碟子择菜了。当然这一切都是虚拟的，二十四小时后他们就从地下室后门悄悄溜走。

走出“十八层”大楼，早上的阳光洒满了大街。回首望去，我好像做了一个长长的梦。是的，这一切都是虚拟的，唯有母亲的电话是真实的，真实得令人想哭。

后 记

乡村，我文学的根——吴琼访谈录

陈勇（中国作协会员，小小说作家网特约评论家。以下简称陈）：你在《乡村——我生命的根》一文中写道：“在《我这十年》里，我写了长达十年的流浪生活。那其实是身体的流浪。颠簸流浪的生活让我告别了我挚爱的文学创作。一个乡村男人，流浪在四川成都、山西太原、河南豫灵……我常常遗憾那长达十年的远离文学的日子，反过来，我也感谢那些居无定所的生活，它使我的人生阅历更厚重，对人生的思考更多。它使我在远离文学近乎二十年后（1987—2005 年）面对空白 Word 文档，脑海里的人物更丰满，题材更丰富。”在我看来，乡村也是你的文学之根。

吴琼（以下简称吴）：是的。乡村是我的文学之根。虽然我不是一个好农民（直到现在，我在城市居住近二十年之后，我的户口仍在农村，需要盖章的事我还要回到 30 里外的老家找村上管公章的人）。每年的元宵节，我要回老家给老坟周围点上红色的蜡烛；每年清明，我要回老家给先人坟上挂白色的纸幌；中秋节，春节，父母的生日，我要回老家看看我年迈的父母；生意淡季，我时不时就想回老家转转，去我只留下几间厦屋的老院看看，去我屋后的田野看看，我喜欢看门前桃花盛开，我喜欢在软软的麦田里散步，没人的时候，我甚至像小时候一样，在麦田里偷偷打个滚。冬天里，我躺在故乡的雪地里，让女儿给我拍照。我站在老屋前面的杨树林里，把自己站成一棵树，我很想就这样永远地站下去。每次回家，女儿在奶奶爷爷的家里看电视，我却坐不住。我对父母说，我出去转啊。我穿行在曾经给我童年欢乐的、至今仍然寂寞、穷困的乡村里打捞我童年的记忆，少年的梦。我喜欢找我童年的伙伴、少年的玩友一起谝闲传，听他们讲发生在乡村的故事。

我父亲一直说，村里邻家有红白喜事你一定要回来帮忙，因为你还有两个老人没有过世哩。我知道，老家有一句俗语——娶媳妇盖房，大家帮忙——是的，太阳从谁家门前都要过哩，谁家都要娶媳妇，谁家都会盖房，谁家都有老人要过世，这样的人生大事不是自己一家子甚至亲戚就可以办得了的。乡村不比城里，你就是再有钱，如果没有村里人来帮忙，你就没有威信，你就没有面子，你在村里人面前就永远抬不起头——这不是钱不钱的问题。在这里，面子比钱贵重几万倍。我的生意再忙，村里有了红白喜事我都会放下一切羁绊赶回老家。也许，我的女儿将来不会回老家了，但我的骨子里，老家是我永远也舍不掉的根。我常常一个人在老家的房前屋后，坡上地里徘徊。

乡村，我的乡村，有我写不完的人和故事。我一辈子离不开我的乡村，我也一辈子写不完我的乡村。

陈：《看电影》仿佛一幅流动的图画，把我们又带到那个难忘的岁月，让我们浮想联翩感慨万千。请谈一下此文的创作过程。

吴：我弟兄三个。我大哥一直是我少年时候心里的偶像。在我的小小说《永远的玉娥姐》里有他的影子。他是一个很爱干净的男人，再旧的衣服穿在他身上都很整齐和干净。我少年时，大哥是公社电影队的放映员。每次坐在场院里看电影，我都比同龄的伙伴有优越感。因为放电影的是我哥啊。我大哥在他 47 岁时，因为肝癌走完了他的一生。这篇小小说，是写给大哥的，也是我怀念大哥的文章。我到现在还记得，那天晚上，大哥带我去隔壁村上看戏，因为是冬天，天上下小雨，落到身上就成了冰粒子。我和大哥看完戏回到他裱糊一新的厦屋，大哥把我结满冰凌的黄军帽在灯泡下烤的情景。还有一次，是唐山地震那一年，我跟大哥睡，半夜里，他一把抱起我，跑到村外小土包的情景。那时候，农村没有电视，唯一的文化娱乐就是看电影。为了看一场电影，村上的年轻男女要高兴好几天，要跑上几十里路。有时候，到了地方，因为某种原因，或者是信息来源错了，或者是放映队的问题，总之没有电影可看。我们那时候最经典的一句话就是“英雄白扛腿”。

乡村电影，我们在乎的不是看电影，而是看电影的人。那是那个年代年轻人恋爱的场所，也是他们追求爱情的乐园。在这里，我写了很悲哀的一个结局，写了那个时代人性的扭曲和爱情的艰难。

陈：“感人心者，莫先乎情。”情是诗与文的根。请结合你的小说对此加以阐述。

吴：我大多数的小小说作品中的人物在现实生活中都是有原型的。我熟悉他们，热爱他们。和他们同呼吸，共命运。当我的手指在键盘上敲击时，就能感受到他们的笑，他们的哭。很多时候，我几乎原封不动地把他们搬上我的作品。

“感人心者，莫先乎情”。是的，因为我对他们的爱，我写出了他们——我的亲人、我的乡亲、我的朋友。

《永远的玉娥姐》是我一篇真情实感的小说。我大嫂就叫玉娥。从她和我大哥确定关系后，我一直叫她“玉娥姐”，没有叫过一次“大嫂”。偷苹果的事是真的，玉娥姐给我钱，我去钟楼书店买了书也是真的。我对大哥的怀念和对玉娥姐的眷恋也是真的。“玉娥姐在那个下雪的大年里，就坐在这充满春意的屋子的土炕上。她穿着一件家做的、蓬松的、暗红色的棉袄，棉袄外边套着中式立领、月白色底紫色团花罩衫。玉娥姐低头打毛衣时，她乌黑的发辫从脑后越过浑圆的肩膀搭在胸前，一段莲藕般的脖颈就显露出来，丰满、雪白。我的鼻子被一股异香吸引，那股沁人心脾的香气钻进鼻子，一下子就溜进心里去了。”“初六那天，当我正倒退着就要走出小门时，被进门的大哥撞了个满怀。大哥一愣，看到我惊慌失措的神态，错愕间看到我手里的苹果，大哥一下子明白了什么。他把我拉回来，说，偷了几回了？我吓得脸色苍白，说不出话。玉娥姐被大哥的吼声惊得抬起头，她跳下床，来不及穿鞋子，一把把我拉到她怀里，用手摩挲了我的半个西瓜皮头，说，别怕！又对大哥说，你吼啥子吼，是我给他的！玉娥姐嫁到我们家后，我一直叫她姐，没有叫过嫂子。村里人就笑我，你嫂子给你奶吃了，你的嘴恁甜！”

《我想让你拥抱我》发表在当地电视报，《微型小说精品》转载，收入《穿越时光的思念》一书。2006年，我和妻子去深圳一家公司接受营销培训。在那个称作情人岛的小岛上，我们确实经历到了小说中描述的尴尬事件。在那次近距离的情感碰撞中，男人（我）和女人（妻子）的感觉和心灵感应发生了错位，这个小说写了情感深处，即使日日在一起，也未必了解对方的心灵之语。

《浇花》、《强子和麦子的故事》等小说都是这一类型的小说。我的小说没有很强的故事性，多是描写人物“内宇宙”的作品。更多的靠拢“小说”

的文学性。

陈：社会主义新农村建设不仅仅是盖几栋楼房，修几条马路，也不仅仅是农村经济飞速发展。最终指向的是，作为新农村建设主体农民的人格、精神、灵魂的建构和重铸上。从这个意义上讲，你的乡村小说任重道远。

吴：谢谢陈老师的访谈。诚如你所说的，社会主义新农村建设不仅仅是盖几栋楼房，修几条马路，也不仅仅是农村经济飞速发展。最终指向的是，作为新农村建设主体农民的人格、精神、灵魂的建构和重铸上。我以前的农村题材小小说多是描写已往的（我记忆里的）农村生活。在以后的创作中，我将关注当下农村突出的、社会变革时期的新事物、新人类、新的精神状态下的我的父老乡亲。《我和麻山的三次见面》就是我尝试的一篇新时期的农村题材小小说。

陈　勇

2010. 10. 24